pages

6th COLLECTION

pages

6th COLLECTION

언젠가 우리 다시

문보영

안리타

오수영

특별한 일상과 보통의 일상

저는 그 어디쯤 서 있는 당신이 궁금합니다.

'pages'는 여러 사람의 'page'가 모여 완성된 책입니다.
매 권 특별한 주제(혹은 문장)와 장르 안에서
다양한 글을 엮어 만들어냅니다.

이번 페이지스는 여행에 관련된 이야기들입니다.

여행은 보통 지금 살고 있는 곳을 떠나 어딘가로 가는
것을 뜻합니다. 일이나 유람 혹은 휴식 등을 위해 지금
서 있는 곳에서 조금 떨어진 어딘가 특별한 곳으로 가는
것이죠.

조금 다른 접근으로, 일상을 삶이라는 긴 여정의 일부로
일컫기도 합니다. 당신이 먹고 자고 숨쉬는 보통의 순간
순간이 여행의 일부라는 것이죠.

3명의 작가에게 보통의 여행 이야기보다 여행의
도중 어딘가에 있는 일상의 이야기를 부탁했습니다.
나에게서 가장 가까운 곳의 이야기 하나와 가장 먼 곳의
이야기 하나. 그 거리는 물리적 거리와 마음의 거리를
모두 포괄할 수 있었으면 좋겠다고 말씀드렸습니다.

불과 일 년도 되지 않는 시간 동안 세상이 많이
변했습니다. 가볍게 그렸던 장면들을 언제 다시 그릴 수
있을지 기약할 수도 없는 시간을 살아갑니다. 자연스레
우리의 일상은 지금까지와 멀어졌고 또 다시 멀어진
일상이 '적응'이라는 폭력으로 가까워져가고 있습니다.
그 과정에서 당초 하고 싶었던 이야기의 무게가 조금은
더 무거워지고 책의 부제도 바뀌었지만 이것 또한
여행의 일부라고 생각합니다. 여행은 언제나 계획과
조금씩 어긋나고, 기대하지 않았던 놀라운 세상을
우리에게 보여주기도 하니깐요.

자유롭게 여행을 다니던 마지막 세대가 될 수도 있다는
이야기를 들었습니다. 소중한 것들은 잃은 후에 더
간절해 지고는 합니다. 하루가 멀다 하고 떠났던 여행
속에 있던 시간들이 일상이었던 때를 추억하며 그리고
언젠가는 다시 일상 속의 여행 계획에 설레는 우리를
기대하며 페이지스 6집을 시작합니다.

목차

오수영

문보영

시인. 2016년 중앙신인문학상으로 등단했다. 2017년
시집 《책기둥》으로 김수영문학상을 수상했고
상금으로 친구와 피자를 사 먹었다. 손글씨로 쓴 시와
소설, 일기를 편지 봉투에 넣어 독자들에게 배송하는
것으로 생계를 꾸리고 있다.

시집으로 <책기둥>, <배틀그라운드>, 산문집으로
<사람을 미워하는 가장 다정한 방식> <불안해서 오늘도
버렸습니다>가 있다.

대낮의 무능
여행의 조각들

대낮의 무능

1. 오후 1시의 무능 여행

대낮은 괴롭다. 사람들은 오후 1시에서 오후 5시를 어떻게 견디는 걸까. 방에 숨어도 빛을 느낄 수 있다. 장 자크 아노의 영화 <연인>에서, 두 주인공은 대낮에 몸을 섞는다. 베트남의 한 시장통에 있는 집에서. 시장의 번잡함과 부산함이 집 안까지 전달된다. 빛을 완벽히 차단하지 못하는 약한 벽으로 인해 집은 어둠에 실패한다. 어디선가 기어코 빛은 새어 들어온다. 이 장면에서 벽은 벽이 아니라 흘러내리는 발이나 커튼 같다. 벽은 바람이 불면 휘, 하고 날릴 것 같다. 그래서 골목을 뛰어다니는 아이들이 축구공을 차면 가볍게 벽을 통과해 안으로 들어올 것만 같다. 외부의 소음과 집 안은 완전히 분리되지 못한다. 두 주인공은 금세 잠에 곯아떨어진다. 침대 위로 날파리가 날아다닌다. 그들은 사랑 때문이 아니라 대낮을 쫓아버리기 위해 몸을 섞는 듯하다. 날마다 그런 기분으로 나는 대낮의 침대에 누워 있다.

도서관은 오전에 차분한데 1시부터는 부산스럽다. 가끔 도서관의 소음을 피해 근처에 있는 내천에 간다. 그것은 내가 매일 떠나는 여행이다. 대낮의 천변은 한산하다. 간간이 보행자나 자전거 타는 사람들이 보이지만, 나처럼 아예 천변으로 내려와 바위에 앉아 쉬는 사람은 없다.

다리를 지나도 햇볕이 따가웠다. 그래서 이리저리 돌아다녔다. 내천 곳곳에 있는 목조로 된 판자 끝에 걸터앉아 두 다리를 꼬았다 풀었다. 다리를 아무렇게나 내려놓으니 한결 나았다. 강에 금붕어를 풀어준 것처럼 내 두 다리를 풀어준 것 같다. 몸의 무게가 반이 된 것 같다.

조금 후에는 백로를 보았다. 백로를 쫓느라 젖은 땅에 발이 푹푹 빠졌다. 다가가서 사진을 찍으려 했는데 날아갔다. 아주 날아가버렸다. 너무 멀리 있지 않을 때 찍었어야 했다. 그리고 다시 천변으로 내려가 바위에 앉았다. 그런데 바위가 너무 울퉁불퉁해 엉덩이가 아파 땅바닥으로 내려갔다. 대신, 소설의 마지막 장을 찢어 축축한 바닥에 깔고 앉았다. '소설의 결말은 친구에게 들려달라고 하면 돼.' 나는 생각한다. 가끔은 소설의 결말을 알고 싶지 않다. 알더라도 그것을 책을 통해 직접 알고 싶지 않고, 타인을 통해 간접적으로 전해 듣고 싶다. 세상의 모든 이별은 간접적이었으면 좋겠다.

좀 걸으니 바위 네 개로 둘러싸인 빈 공간이 나타나서 그 중앙에 들어가 앉았다. 그러나 이내 피곤해졌고 졸음이 쏟아져 가장 편안한 자세로 앉아 졸았다. 돌아오는 길에는 이상한 전봇대를 봤다. 전봇대에 장화 두 짝이 붙어 있었다. 기이했다. 간밤에 누가 전봇대를 오르고 나서, 신발을 벗고 내려온 모양이다.

집으로 돌아와 잠을 잤다. 잠이 어려웠다. 잠이 쏟아졌지만 잘 수 없었다. 누워만 있었다. 불을 끄고 욕실에 들어가도 어디선가 빛이 들어온다. 암실이 불가능하다는 게 대낮의 무능인지도 모른다. 대낮은 암실을 가질 수 없다. 커튼을 사야겠다. 그러나 소음은? 창문을 모두

닫아도 밤과 같지 않다. 이불을 머리끝까지 덮지만 소음
과 빛에 시달린다.

2. 오후 2시의 무능 여행

대낮의 무능이 오늘도 지속된다. 수면 효율이 낮다. 뿌리째 뽑힌 나무처럼 쓰러져 자고 싶다. 알람이 울리기 전에 눈을 떴는데 눈을 떴다는 느낌이 없다. 눈을 감은 적이 없기 때문에. 뜬눈으로 밤을 지새웠으니 눈을 뜬 채로 다시 뜬 것이다. 동묘 시장에서 산 갈색 원피스를 꺼내 입었다. 실이 나간 스타킹을 신어서 다리에 금이 간 것 같았다. 신지 않던 구두를 꺼내 물티슈로 겉을 닦았다.

다시 대낮이다. 시간은 내 옆에, 눈곱이 많이 끼는 늙은 강아지처럼 낑낑거리고 있다. 밥을 달라는 건지 밖으로 나가게 해달라는 것인지 알 수 없다. 시간과 나는 남남처럼 사는 방식에 익숙해질 필요가 있다. 이따금 그는 내 말을 알아듣기라도 하는 양 슬픈 눈망울로 나를 쳐다보거나 내 발바닥을 핥기도 하지만 그렇다고 그에게 감정이나 인식 능력이 있다고 착각해선 안 된다. 시간을 연민해서는 안 된다. 그러면 그 순간 시간이 나를 연민하려 들 것이다. 시간에게 연민당하면 끝이다.

침대에 누워 시간을 파리처럼 쫓아냈다. 가까스로 집에서 나와 도서관으로 갔지만 다시 집으로 기어들어갔다. 낮에는 시계를 쳐다보지 않는다. 아무리 오래 살아내어도 오후 2시다. 잠을 통 못 잤다. 다시 침대에 누웠다. 달콤한 잠이 소나기처럼 쏟아져서 쿨쿨 잠을 잤으면 좋겠다. 언젠가 친구와 담력 테스트를 했다. 그것은 우리가 만들어낸 일상의 모험이자 여행이었다. 학교 정문을 건너 쭉 걸으면 골목이 나왔는데, 낮고 무서운 집이 많았다. 집이 낮으니 하늘도 낮았다. 우리는 골목 깊숙이 들어갔다. 대부분 폐가였다. 우리는 어두운 이층집으로 들어갔다. 사람이 살지 않아서 먼지 쌓인 우편이 수북했다. 그런데 문을 여니 수돗물 흐르는 소리가 들렸다. 집을 나갈 때 누군가 물을 틀고 나간 걸까? 그러면 그 많은 물세는 누가 내지? 나는 속으로 생각했다. 희

미한 달빛만이 창문으로 들어오고 있었다. 우리는 안방으로 향했다. 그런데 바닥에 누군가 누워 있는 것 같았다. 나는 너무 놀라 뒤로 물러섰다. 그러자 친구가 '누가 누워 있어'라고 말했고 그 순간 (영화에서 보듯) 현관문이 닫히면서 동시에 문이 딸깍 잠기는 소리가 들리는 일은 (물론) 일어나지 않았다. 문은 우리가 들어올 때의 모습으로 열려 있었고 환하게 어두웠다. 친구는 킥킥 웃었다. 알고 보니 벽지가 뜯어져 땅바닥에 누워 있었던 것이다. 그리고 거실 벽엔 레옹 포스터가 붙어 있었는데 좀 이상한 면이 있었다. 모든 게 낡고 먼지 쌓여 있었는데 레옹 포스터만 깔끔했던 것이다. 마치 우리가 오기 직전에 누가 붙여놓은 듯이. 우리는 위층으로 올라갔다. 그 이후로는 아무것도 기억나지 않는다.

어쩔 수 없이, 라는 말에 기대고 싶을 때가 있다. 어쩔 수 없이 사라지는 것이 있다. 기억도. 마음도. 대낮도 어쩔 수 없는 대낮일 뿐이다. 어쩔 수 없이 침대에 눕는다. 기력이 없다. 어제는 안 신던 구두를 신어서 뒤꿈치가 까졌다. 엄지가 들어갈 만한 공간이 남는 구두를 신고 온종일 돌아다녔다. 친구가 준 구두였다. 구두가 덜

그럭거렸다. 뒤꿈치가 구두 밖으로 나왔다 들어가기를 반복했다. 오르락내리락하는 음료수의 빨대처럼 온몸이 수직으로 오르내렸다.

어떤 남자가 추운 겨울날 잠바에서 담배 한 개비를 꺼내 불을 붙여주듯, 자신의 과거 하나를 내 손에 쥐여주었다, 라는 문장을 침대에 누워 중얼거려보았다. 시의 한 구절로 쓸 수도 있을 것이다. 아니다. 형편없는 문장이다. 게다가 시를 쓰기에는 체력이 부족하다. 어떤 것이 한 점으로 모일 때 뭔가를 쓸 수 있다. 파편적이고 산만한 시를 쓸 때도 마찬가지이다. 그러나 지금은 아무것도 한 점으로 모이질 않는다. 시를 쓰기에 적당한 몸이 아니다. 적당? 적당한 마음에 대해 생각해보자. 낮에는 나 자신이 모자라고, 밤에는 내가 넘친다. 지나치지 않은 믿음을 유지하는 것은 어떤 유익함이 있을까. 침대가 딱딱하다. 침대에 가슴 모양을 따라 두 개의 골이 파여 있으면 좋겠다. 늘 엎드려 자는데 침대가 딱딱해서 가슴이 아프다.

그녀가 모든 것을 알고 있었다는 말은 위로가 되기

는커녕 분노를 일으켰다, 라는 문장을 중얼거렸다. 이 문장은 또 어디서 온 문장일까. 알 수 없다. 침대가 자꾸 알 수 없는 문장을 내뱉는다.

3. 오후 3시의 무능 여행

개강이다. 등교하기 싫어서 학교와 반대 방향으로 걸었다. 걷다 보니 맥도날드가 나왔다. 지갑엔, 친구가 준 빅맥 쿠폰이 들어 있다. 맥도날드에 들어가서 빅맥을 시키고 이 층으로 올라갔다. 통유리. 내가 좋아하는 통유리다. 창밖으로 거리가 보이고, 차량이 쓱쓱 지나간다. 소리는 들리지 않지만, 소리가 들리는 듯하다. 창밖의 산만함이 마음에 든다. 다들 어딘가 향해서 가고 있다.

통유리가 좋다. 날이 밝다. 아무것도 안 하고 음악만 들었다. 가끔은 유행하는 신곡을 듣고 싶다. 제목은 모르지만 익숙한 곡이 흘러나왔다. 찾아 들은 적은 없지만 거리에서 들었던 곡일 것이다. 알려고 하지 않았는데 나도 모르게 알게 된 것들이 많다.

  가끔은, 고급진 것들이 나를 위협한다. 지금은 시가 어렵고 힘들다. 시가 어렵다는 말이 얼마나 무책임한 변명인지 알지만 가끔은 그저 시를 탓하고 싶다. 맥도날드에 백팩을 멘 할머니가 자주 오고, 오전 맥도날드에는 아줌마들이 많다. 아줌마들이 요즘엔 중계동이 뜬다고 말했다. 중계동이 뜬다는 말은 무슨 뜻일까. 오전 맥도날드는 늘 허공에 둥둥 떠 있는 것 같고, 오전의 맥도날드는 환하고 부산스럽고, 오전 맥도날드는 세상과 동떨어진 공간 같다. 이상하게 사람들이 뚜렷하다. 혼자 앉아 햄버거를 먹는 아저씨도, 연분홍 보따리를 의자 위에 놓고 햄버거를 한입 베어 무는 할머니도 뚜렷하다. 오늘따라 사람들이 확실하다. 확실한 사람들 속에서 나도 빅맥을 한입 베어 물었다. 맛을 잘 모르겠다. 모든 게 뚜렷한데 햄버거의 맛과 냄새는 흐릿하다. 이따금, 너무 확실한 사람들 사이에 있으면 나 자신이 희박하다는 느낌을 받는다.

  그러나 사람들이 위협적이진 않다. 친절하고 무심하

고 고요하다. 테이블마다 두부 한 접시가 놓여 있는 것 같다. 통유리를 통과해 들어찬 햇빛 때문일까. 사람들의 뒤는 환한데 얼굴은 그늘져 표정을 알 수 없다. 아무것도 안 하고 오전을 맥도날드에서 보냈다.

4. 오후 4시의 무능 여행

천식이 악화됐다. 길을 걷다 멈춰 무릎에 손을 올리고 숨을 들이마신다. 공기가 목구멍으로 넘어가기 직전에 흩어져버린다. 숨이 잘 쉬어질 땐, 공기로 만든 주먹밥이 넘어가는 느낌이다. 하품을 해야 한다. 하품을 할 때만 숨을 시원하게 쉴 수 있다. 안 쓰던 가슴 근육을 써서 가슴께가 뻐근하다.

천변 위로 턱이 높은 인도가 있고, 그 옆에 벽이 서 있다. 개미처럼 벽에 붙어 걸었다. 벽에는 그늘이 지고 그늘 밖은 환하다. 환한 바닥을 피해 걸었다. 의자에 아저씨가 앉아 있다. 인상을 쓴 채 몸을 좌우로 조용히 흔들거린다. 햇빛을 받아 눈살을 찌푸리고 있다. 무언가 그를 짓누르고 있나. 정수리에서 김이 새는 것 같잖아.

더워 보인다. 두꺼운 팔에 파리가 앉았는데 쫓아내지도 않는다. 파리가 붙었는지 알지 못할 만큼. 그러나 그에게 '아저씨 힘드세요?' 하고 물으면 무슨 소리냐는 듯이, '살만하지' 하고 대답할 것 같다. 왠지 느낌이 그렇다.

걷는 내내 눕고 싶었다. 아직도 네 시다. 먹은 것은 레쓰비 한 잔뿐인데 아직도 허기가 찾아오질 않는다. 예전에 쓴 일기장에서 내가 좋아하는 것들의 목록을 발견했다. 그중에 '공복'이 있었다. 나는 공복, 을 좋아하나 보다. 허기가 찾아와야 조금은 살만하다. 지금은 갈증도 나지 않으며 배도 고프지 않다.

세계가 기우뚱했다. 숨이 차츰 멀어지고 있다. 숨이 차츰 가까워지고 있다. 숨이 왔다 갔다 한다. 천식은 이런 느낌이다. 내 몸 안에 누군가 있는 것 같다. 출구를 찾지 못해 내부의 벽을 더듬는다. 괴로워한다. 나도 그 사람이 밖으로 좀 나가주었으면 좋겠다. 세계가 기우뚱했다. 숨이 정수리 천장까지 도달하지 못하고 턱 끝에서 멈춘다.

더 걷지 못하고 근처 커피숍에 들어갔다. 테라스가 고풍스럽다. 마음에 들었다. 나는 쿠폰을 모으지 않지만, 이 카페가 마음에 든다는 것을 주인에게 알리고자 쿠폰이 있느냐 물었다. 양초에 불을 붙이던, 머리 땋은 주인은 성냥개비를 입술로 불어 끄면서 아니요, 라고 말했다. 약간은 미안하고 어색한 표정. 우리 카페는 단골 같은 것은 안 키운다는 어떤 자부심이 느껴지는 표정이었다. 그것이 마음에 들었다. 자주 들러도 친해지지 않을 수 있고 나를 알아볼 의사가 없는 카페라면 환영이다. 카페 주인은 음료를 내주면서도 맛있게 먹으라는 말도 표정도 없다. 고맙다. 눈을 마주치지 않는 것이 사려 깊게 느껴졌다. 테라스와 커피숍 내부는 연결되어 있다. 제삿날의 병풍처럼 문을 짜자작 옆으로 열 수 있다. 바람이 분다. 아직은 덜 시원하지만. 차가 스치는 소리. 얼굴 큰 선풍기가 삐걱이며 돌아가는 소리. 수저와 얼음이 부딪치는 소리. 여러 잡음이 섞여 평온하다. 주인과 안면이 있는 손님이 온 모양인데 둘은 눈빛을 교환하며 웃지만 그 관계에 그다지 얽매이지 않는 듯하다. 이 카페는 향초를 카페 바닥 곳곳에 놓고 피운다. 바닥에서 연기가 난다. 냄새가 좋다. 제사 냄새다.

나와서 골목을 돌아다녔다. 나는 골목을 사랑한다. 사람이 살 텐데 그런 느낌이 들지 않는다. 사람들이 안 사는 척하며 산다. 집에는 입이 없지만 집이 입을 다물고 있는 것 같다. 좀 더 걸으니 허름한 교회가 나왔다. 교회의 정문이 아니라 교회의 뒷면이었다. 벽과 벽 사이에 앉았다. 두 개의 벽이 마주 보고 있는데 하나의 벽은 교회의 벽이고 하나는 가정집의 벽이다. 찬송가가 흘러나왔다. 창문으로 엿보니 안에는 아무도 없다. 사람 없이 음악을 틀어주는 주황빛의 내부가 마음에 들었다. 가정집에서는 요리를 하는지 연신 그릇 부딪치는 소리와 냄비 뚜껑을 여닫는 소리가 들렸다. 도마와 칼 소리. 밥 짓는 소리. 밥솥의 연기가 안개처럼 희뿌윰하게 흘러나왔다. 밥 연기와 밥통 꼭지가 달그락거리는 소리는 찬송가와 잘 어울렸다. 나는 하수구 옆에서 무릎을 끌어안고 음악에 귀를 기울였다. 요리하던 사람이 가래를 뱉어서 창문 밖으로 가래가 튀어나왔다. 가래 끓는 소리가 굉장했다. 보이진 않아도 활시위를 당기듯 몸을 뒤로 젖혀 가래를 두어 번 뱉은 것 같았다. 가래에 맞지 않기 위해 일어나 자리를 피했다. 가래 끓는 소리가 찬송가와 잘 어울렸다.

여전히 숨은 잘 쉬어지지 않는다. 언젠가 쓰러져 응급실에 실려 갔다. CT 촬영을 하고 피 검사를 했다. 그날, 나는 CT 촬영실 앞에서 죽어가는 사람을 보았다. 팔다리가 각목 같았다. 앙상한 사람이었다. 앙상한 나무의 헛가지 같은 노인이었다. 빈약한 몸에 비해 바퀴 달린 침대는 너무 컸고 이곳저곳 달린 수액 줄과 육중한 몸의 초록 산소통이 그녀를 더 작게 만들었다. 그 사람은 무말랭이처럼 아무렇게나 놓여 있었다. 간호사와 의사는 무신경하게 노인의 팔다리를 건드리고 들춰보고는 차트를 기록했다. 저 노인에게 죽음이란 어떤 것일까. 죽기 직전엔 모두가 나뭇가지처럼 너무나 가벼워지는지도 몰랐다. 다른 침대로 옮기자 그 사람은 '아아' 하고 소리를 냈다. 그 사람은 아팠다.

해가 슬슬 물러나고 땅거미가 질 기미가 보인다. 배가 조금 고픈 것 같다. 나는 무슨 소리를 지껄이고 있는 것인가. 두서도 없이. 그러나 덕분에 나는 1시에서 5시의 대낮을 지나쳐 6시에 도달하는 여행에 성공했다. 이

제부터 즐거운 하루가 시작될 것이다. 집에 가서 샤워를
하고 어디로든 나들이를 가야겠다.

여행의 조각들

1. 사람을 기준으로 삼으면

오래전 엄마와 일본 여행을 간 적이 있다. 도쿄 여행이었는데, 당시 나는 동경과 도쿄가 같은 건지 몰랐다. 그런데 비행기 앞 좌석에 달린 화면을 보고 놀랐다. 우리가 '동경'으로 가고 있다고 적혀 있었던 것이다. 왜 동경이라고 적혀 있지? 도쿄로 가야 하는데! 오류인가? 나는 생각했다. 응, 오타야, 동경이 도쿄니까 네가 오타다. 세상의 오타. 허공이 내게 알려주었다.

엄마와 나는 비행기에서 내려 기차 플랫폼으로 이동했다. 그제야 나는 이해할 수 있었다. 내 친구 동경이를. 내 친구 중에 동경이가 있다. 동경이의 인스타그램 프로필에는 'I have never been to Tyoko'라고 적혀 있다. 생각해보면 동경이는 사는 내내 동경에게 시달렸을 것이다. 그래서 이렇게 말하고 싶었을지도 모른다.

　　나는 동경이지만 동경을 모른다. 나, 동경이는 동경에 가본 적이 없고, 동경에 관심이 없으며, 동경을 동경하지도 않고, 그렇다고 동경을 싫어하지도 않는다. 나, 동경이는 다만 동경과 무관하며, 따라서 나, 동경은 동경을 동경으로 해석하는 것을 거부한다.

　　우리는 비행기에서 내려 신주쿠행 기차를 기다렸다. 엄마는 방광이 약한 나에게 미리 볼일을 보라고 했다. 그래서 나는 엄마를 놔두고 플랫폼 어딘가에 있는 화장실로 향했다. 화장실은 꽤 멀었다. 나는 심각한 방향치라 화장실을 들어갔다가 나올 때 어디로 가야 하는지 헷갈리곤 한다. 그래서 들어갈 때, 어떤 사람을 기준점으로 삼았다. 그는 빨간 비닐 백팩을 메고 있었고, 끝이 날렵한 선글라스를 끼고 초코우유를 빨대로 마시고 있는 서양인 여행객이었다. 그는 화장실 벽에 등을 기대고 있었다. 나올 때 저 사람이 있는 쪽으로 가면 엄마가 있어. 나는 그렇게 생각하며 화장실로 들어갔다. 그런데 볼일을 보는데 밖에서 안내 방송이 들렸다. 기차가 도착했다는 소식이었다. 갑자기 조급해졌다. 그런데 다급했기 때문에 화장지가 없었고, 가방에서 간신히 티슈를 찾아, 아니 종이를 티슈라고 우기며, 문제를 해결한 뒤 종종걸음으로 화장실에서 나왔다. 나는 기준점을 찾았다. 그러나 잔망스럽게도, 빨간 백팩 선글라스 초코우유 서양인이 내 앞을 지나갔다. 기준은 움직이면 안 된다고 초등학교 구령대 앞에서 배우는데 기초학습을 어기고 그는 움직이고 있었던 것이다. 아뿔싸. 이동한 그는 이상한 기계 장치에 내려앉은 먼지를 관찰하며 초코우유를 마시고 있었다. 나는 동요했다. 기차가 도착했는데, 타야 하는지 알 수 없었다. 기찻길이 앞뒤로 두 개였는데, 어느 쪽에 엄마가 서 있는지 몰랐고, 일본어라면 젬병이었기 때문이다. 기준점이 움직였으므로 나는 방향을 상실했고, 땀이 흘렀으며, 빨간 백팩 선글라스 초코우유를 등지고 뛰었다. 엄마! 울부짖으며. 엄마! 맘! 마미! 마더! 오까상! 김 씨! 거의 울상이 된 채로 나는 뛰었다.

기차가 출발했다. 나는 이제 국제 미아가 된 거야⋯ 나는 생각했다. 기차가 떠나고, 먼지 같은 건 안 날렸는데, 먼지가 한 번 풀썩 몸을 들었다가 가라앉은 것 같았다. 그런데 가라앉는 모래바람 사이로, 미소 짓는 엄마가 보였다. 왜 이렇게 늦게 왔니. 다그치지도 않고 엄마는 미소를 띠고 트렁크를 지키며 서 있었다. 방금 출발한 기차는 반대편 기차였고 곧이어 신주쿠행 익스프레스가 도착했다. 나는 앞으로 사람을 기준으로 삼아선 안된다고 다짐했다. 생각해보면 사람을 기준으로 삼아서 인생이 망한 적이 있었다. 자리에 없는 사람을 위주로 생각하고 그 사람을 위주로 인생을 살다가 골로 갈 뻔했던 어떤 나날.

2. 꿈

엄마와 내가 두 번째로 같이 간 여행은 태국 여행이다. 우리는 치앙마이의 올드시티에서 하룻밤 자고 다음 날 작은 마을로 갔다. 호스텔 카운터 직원에게 부탁해 픽업 서비스를 예약했다. 마을까지는 한참이어서 멀미약을 미리 먹어야 했다. 우리는 밖으로 나가 계단에 앉았다. 어떤 남자가 닭과 병아리를 어디론가 옮기고 있었다. 곧 송태우가 도착했다. 서양인 예닐곱이 먼저 타고 있었고 우리가 타자 만석이 되었다. 올드시티에서 우리를 태운 송태우는 올드시티 외곽으로 향했고, 그쪽에서도 한 명을 더 태웠다. 혼자 여행하는 서양인 여자였다. 서비스 센터에 도착하면 이삼십 분 정도 대기한 뒤 미니밴을 타면 되었다. 그런데 송태우가 한 번 더 멈췄다. 위태롭게 쌓은 그릇 문신을 한 서양인 여자가 말했다.

"One more?(한 명 더 태운다고?)" "Hopefully not.(안 그러길 빌어야지)" 맞은편에 앉은 그녀의 일행이 답했다. 그러더니 "Maybe 3 more would be normal.(젠장, 세 명 더 겠지)" 대각선 맞은편에 앉은, 주황색 백팩의 남자가 받아쳤고, 그 남자의 대각선 맞은편에 앉은 여자가 덧붙였다. "All the time.(늘 그랬듯)" 그들이 지그재그로 대화를 주고받는 게 흥미로웠다. '한 명 더'가 두려운 건 국적이나 인종과 상관이 없었다. 그들은 '한 명 더'를 참을 바에는 아예 '세 명 더'를 상대하겠다는 각오인 듯했다. 그들 중 사십 정도 된 부부가 있었는데, 그들에게는 두 살 난 딸이 있었다. 두 부부는 모두 한쪽 팔에만 문신을 하고 있었고, 돌아가며 아기를 안았는데 꼭 문신이 있는 팔로 아이를 안았다.

마을에 도착하고 이틀 뒤, 엄마와 나는 시내에서 그들을 우연히 다시 보게 되었다. 허름한 누들집에 들어가 국수를 두 그릇 시켜 먹고 있었는데, 그들이 지나갔다. "또 보이네." 엄마가 말했다. 쌀국수 식당 테이블에는 돔 모양의 거대한 푸른색 뚜껑이 놓여 있었다. 구멍이 숭숭 뚫린 플라스틱 바가지를 엎어 놓은 것 같았다. 뚜껑을 들면 고춧가루 통과 여러 종류의 소스 통이 있다. 작은 통들은 뚜껑이 없어서 커다란 뚜껑에 빚지고 있었다. 뚜껑을 공유하는 기분이 뭘까? 하기야, 뚜껑을 여러 번 여닫을 필요가 없으니 편리할 것이다. 우리는 진한 육수를 자랑하는 쌀국수 꾸어이띠어우를 주문했다. 새우 두 마리가 들어 있었다. 그런데 소스 통에 담긴 빨간 게 고춧가루인지 확인하기 위해 냄새를 맡다가, 콧김 때문에 눈에 가루가 들어갔다. 눈물 약을 점안하자 몇 배의 고통이 찾아왔다. 눈물이 고춧가루를 쓸어 내기는커녕, 골고루 퍼지게 한 것이다. 화장실로 달려가 눈을 씻었다.

한국은 벌써 한 시네. 여기는 열한 시인데. 두 시간 번 느낌이야.

그날 새벽, 엄마는 새벽에 잠깐 일어나 자신이 잠꼬대를 했냐고 물었다. 잠꼬대를 하진 않았지만 잠꼬대를 했다고 하면 뭔가 재미있거나 흥미로운 이야기를 들려줄 것 같아서 그렇다고 대답하니 엄마가 꿈 얘기를 들려주었다. 엄마는 어느 성당이 나오는 꿈을 꾸었다. 어떤 벽에 창이 하나 나 있었는데, 수녀들이 고개를 내밀고 노래를 불렀다. 이 지점에서 엄마는, 그녀들이 그 지역에서 유명한지 길을 가던 사람들이 모두 제자리에 섰다고, 서서 그녀들의 노래에 귀를 귀 기울였다고 부연했다. 길을 걷는 사람들이 기뻐하며 수녀들을 올려다보았다. "유명한 수녀들인 것 같았어." 엄마가 말했다. 그런데 벽의 한 모퉁이에 키가 크고 마른 남자가 한 명 서 있었는데, 오른쪽 신발 끈이 풀려 있었다. 엄마는 그게 왠지 신경 쓰였지만, 수녀들의 노래가 너무 아름다워서 이내 잊어버렸다고 한다. 그런데 그때, 갑자기 어디선가 노파 한 명이 달려와 그녀를 와락 끌어안았다. "거대한 솜사탕이 나를 안는 것 같았어." 엄마가 꿈에 취한 채 얘기했다. 그런데 누군가 그녀를 껴안았기 때문에 벽 모퉁이에 서 있던 키 큰 남자의 목이 막혔고, 그가 갑자기 캑캑거리기 시작했다. 사실 노파가 엄마를 안았기 때문에 누군가의 목이 막혔다는 인과는 내가 지어낸 것일 뿐이지만 왠지 그렇게 느껴졌다. 어쨌든, 남자는 자신의 목을 쥐어 잡고 긴 몸을 반으로 접었다 펴길 반복했는데 몸과 얼굴의 비율이 일 대 일이어서 섬뜩했단다. 그때 그의 목구멍에서 커다란 노란색 동전이 튀어나왔고 그 노란색 동전이 점점 커져서 세상을 덮어버렸다.

그래서 신발 끈은 어떻게 되었냐고, 나는 묻고 싶었다. 물론 꿈은 오래전에 이미 신발 끈 이야기로부터 멀어졌지만, 나는 왠지 그게 중요해 보였다. 엄마는 오랜만에 좋은 꿈을 꾼 것 같다며 다시 이불을 덮었다. 나는 엄마에게 물을 가져다주며, 그 꿈을 꾼 이유는, 우리가 이 마을에 오기 전에 치앙마이의 긴 벽과 타페 게이트를 보았기 때문이며, 그 남자의 목구멍에서 큰 동전이 나온 것은, 미니밴을 타고 장장 네 시간을 달려오기 직전에 너무 큰 분홍 멀미약을 먹으며 "거의 오백 원짜리 동전을 삼키는 것 같다"라고 내가 말했기 때문이라고 주장했다. 왜냐하면 나는 엄마가 꾼 꿈이 상징화되거나 예지력을 갖는 것이 문득 두려웠으며, 이상한 꿈을 꾼 것에 대한 상식적이고 일차원적인 설명이 필요했기 때문이었다. 엄마는 자신이 꾼 꿈을 잘 간직하려고 얼른 잠들었고, 나는 그 꿈이 너무 불길해서, 무슨 일이 벌어질 것 같아 잠이 오질 않았다. 무슨 일이 일어날 것만 같은 느낌. 나는 뭐든 잘 믿는 성향이 있다. 뭔가를 잘 믿는 건 나약한 사람의 특징이거나 너무 강한 사람들의 특징이다.

아침에 아무도 꿈 얘기는 하지 않았고, 나 혼자 꿈을 떠안은 채 하루를 시작했다. 관광 책자를 들여다보던 나는 엄마에게 마녀 식당에 가자고 말했다. 벽에 썩은 사과를 들고 손님들에게 윙크하는 마녀가 그려져 있는 식당이었다. 우리는 오후에는 여유롭게 시간을 보내고 저녁을 마녀 식당에서 해결하기로 했다.

우리는 마을에서 이틀을 보내고 치앙마이로 돌아왔다. 나는 치앙마이에서 몇 주를 더 묵고, 엄마는 먼저 귀국하기로 예정되어 있었다. 그런데 엄마가 계속 여기 있었으면 했다. 나는 엄마를 공항에 데려다주고 숙소로 돌아왔다. 새 숙소에는 금고가 있었다. 엄마랑 있을 때는 금고에 넣을 것이 있었는데, 엄마가 가자 중요한 게 사라진 기분이었다. 잃어버릴 것도, 지켜야 할 것도 없었다. "보영아, 다 잃어버려도 되니까, 너만 잃어버리지 마." 엄마가 비행기에 타기 전에 내게 한 말이 떠올랐다. "아, 말씹러도." 엄마는 이렇게 덧붙였다. 말씹러는 내가 키우는 새끼 돼지 인형이다. 나는 말씹러를 금고에 넣어봤다. 그런데 말씹러는 금고에 넣을 수 있는 크기가 아니었다. 금고가 더 작았다. 게다가 말씹러는 자신이 중요하다는 느낌을 잘 견디지 못할 것이다.

3. 혼자 하는 여행

나는 잘 자지 못한다. 늘 그렇듯. 문제는 잘 때와 깰 때의 상태가 동일하다는 것이다. 잘 잔 사람은 놀라면서 기상한다. 나는 꿈속으로 굴러떨어지지 못하고 꿈과 현실의 경계를 부표처럼 떠다닌다. 깨는 과정 없이 깬다. 잠든 적이 없으므로 깨지도 않는 것이다. 잘 자는 인간은 잠들었다는 사실을 망각하고 꿈속을 활보한다. 바깥에서 두드리면 놀라며 '어이쿠, 잠들었네' 하고 조그만 놀람 속에서 잠에서 깬다. 그것은 건강한 인간의 모습이다. 나는 밧줄 같은 걸 붙들고 자는데 일어날 때도 똑같은 밧줄을 붙든 채 눈만 뜬다. 결국 잠을 잘 잔다는 건 밧줄을 잘 놓친다는 것이고, 일어났을 때, 바닥에 떨어진 밧줄은 인간의 숙면을 암시한다.

엄마가 귀국한 첫날, 나는 자전거를 타기 시작했다. 숙소에서 무료로 대여할 수 있었다. 한국에 있는 내 자전거의 이름은 '잘 잔 날'이다. 태국 자전거에게는 '숙면한 날'이라는 이름을 붙여주었다. 숙면한 날은 호텔 뒷마당에 있었다. 호텔의 카운터를 지키는 직원이 나를 창고로 데려갔다. 자전거들은 회색의 비닐 막으로 덮여져 있었다. 그녀는 내게 가장 작은 놈을 추천했는데, 가방을 담을 바구니가 달린 놈이 필요해서 다른 걸 골랐다. 안장을 최대한 낮추었지만 바퀴가 너무 커서 세상을 보는 눈높이가 수정되었다. 달리다가 정지할 때, 페달에 올려놓은 발은 바로 바닥에 닿지 않았다. 말에 올라탄 것처럼 말이다. 그래서 한번 타면 가급적 멈추지 않고 달리게 되고, 멈출 때는 발이 땅바닥에 닿는 시간이 지연된다. 그 짧은 시간, 발이 허공에 머무르는 시간은 '발이 쉬는 시간' 즉, 휴족 시간이다.

카페에서 책을 읽다가 밥을 먹으러 나갔다. 올드 시티에 위치한 블루 누들이라는 식당인데, 천오백 원이면 근사한 쌀국수를 먹을 수 있다. 그런데 어스름이 내리자 조금 두려웠다. 나는 매번 시간을 살핀다. 시간이 잘 있

나. 시간이 많이 흘러 있으면 기뻐한다. 시간을 어떻게 쓸지 늘 난감하기 때문이다. 짐짝처럼 시간이 내 앞에 놓여 있다. 그것도 아니라면 시간은 커다란 선물 바구니 밑바닥에 깔린 스티로폼이나 내용물을 담았던 텅 빈 갑 같은 충전재일 뿐이다. 누가 시간을 다 가져갔으면 좋겠다. 아직도 시간이 거기 있군. 내가 시계를 보며 확인하는 것은 시각이 아니라 시간이 아직도 생명줄을 놓지 않았다는 사실이다. 오래전부터 앓아온 시간병이란 것인데, 일상을 살아보려는 것도, 여행을 온 것도 시간과 입장 정리가 필요하기 때문이었다.

집으로 돌아오는데 휴대폰이 꺼져서 구글맵을 열 수 없었다. 어스름은 내리고 골목은 으스스하고, 조금씩 마음이 조급했다. 이쪽으로 갔는데 길이 막히고, 저쪽으로 가자 길이 막혔다. 길이 모두 똑같이 생겼던 것이다. 카프카가 <포기하라!>라는 글을 쓸 때 이런 느낌이었을까.

매우 이른 아침이었다. 거리는 깨끗하고 텅 비어 있었다. 나는 기차역으로 갔다. 탑시계와 내 시계를 비교해 보았을 때, 생각했던 것보다 이미 상당히 늦었다는 것을 알았다. 나는 몹시 서둘러야만 했다. 이 사실에 놀란 나머지 나는 길을 확실히 알 수가 없었다. 나는 이 도시를 아직 그다지 잘 알고 있지 못했다. 다행히도 근처에 보안 경찰이 있었다. 나는 그에게 달려가 숨 가쁘게 길을 물었다. 그는 미소를 지으며 말했다. "당신은 나에게서 길을 알려고 하는가요?"

"네" 하고 나는 말했다. "나 스스로는 길을 찾을 수가 없으니까요."

"포기해라, 포기해!" 하고 말하면서 그는, 마치 웃으면서 혼자 있고 싶어 하는 사람들처럼, 거만하게 몸을 돌렸다.

막을 수 없다는 느낌은 어스름이 내릴 때 엄습한다. 도로의 색이 노래질 때, 무언가 막을 내리고, 사람들이 일터에서 돌아올 때 나는 몹시 어려운 상태가 된다. 서

* 프란츠 카프카, 「포기하라」, 『프란츠 카프카: 변신외 77편(현대문학세계문학단편선 37) 프란츠 카프카』, 박병덕 역, 현대문학, 2020)

있는 그 자리에서 녹아 사라질 것 같다. 정신적 구토를 동반하는 이 어스름병은 태국에서도 여전했다. 가지 마, 가지 마, 오! 제발 가지 마요. 흩어지는 거리의 사람들에게 외치고 싶다. 어스름이 내릴 때 나는 빛이 없는 공간을 찾아 들어가 하나의 이미지를 반복 재생한다. 태국 빗자루 상인의 뒷모습이다. 빗자루 상인은 아주 커다란 두 개의 바구니를 들고 다닌다. 상인의 몸만 한 두 개의 바구니는 막대기의 양 끝에 달려 있고, 상인은 막대기를 어깨에 가로로 멘다. 두 개의 둥근 바구니는 상인이 걸을 때마다, 미세한 경박함을 발휘하며 매력적으로 통통 튄다. 그 바구니에 든 게 뭔지 궁금했는데, 낮에 빗자루 상인이 내 앞을 유유히 걸어갔고, 덕분에 안에 든 게 빗자루라는 걸 알 수 있었다. 빗자루 상인들은 늘 미소를 머금고 있고, 빗자루가 필요해 보이는 곳이나 아닌 곳이나 아무 데나 찔러본다. 잠시 머무르면, 가게의 주인이 고개를 가로젓거나 무시한다. 그러나 계속 미소는 짓고 있다. 팔리든 말든 내 알 바 아니야, 라고 말하는 미소이다. 나는 거리에서 빗자루 상인들을 볼 때마다 빗자루가 팔리는 모습을 보고 싶어서 유심히 쳐다보지만 빗자루가 팔리는 모습을 한 번도 보지 못했다. 두 개의 둥근 바구니와 함께 골목으로 사라지는 빗자루 상인들의 뒷모습을 연신 재생하면 불안이 서서히 가라앉는다.

'포기해라, 포기해!' 나는 카프카를 따라 속으로 외쳤다. 그때, 익숙한 건물이 보였다. 내가 묵는 숙소였다. '앞으로 길을 찾고 싶을 땐 카프카의 포기 주문을 외워야겠어.' 나는 생각하며 엄마 품으로 돌아가듯 숙소로 들어갔다.

태국은 '날씨 좋다!' 라는 생각이 잘 들지 않는다. 날씨가 일상을 간섭하거나 일상에 개입하지 않고 유령이나 투명 인간처럼 제 존재를 드러내지 않는다. 그저 우리와 공존한다. 우울해질 일도 없다. 극단적인 두 계절의 온도차 때문에 시달릴 필요도 없다. 누가 한국이 사계절이라고 자꾸 사기를 치는가. 겨울과 여름을 방이라 치면 가을과 봄은 그냥 문지방 같은 것이다. 문지방은 방이 아니다. 너무 없는 계절은 계절이 아니므로. 이곳에서 날씨와 나는 남남이다. 지인의 축에도 못 낀다. 날씨에게 자문을 구하지도 않는다. 날씨는 생각도 안 한다. 제일 좋은 날씨는 무날씨다. 무취, 무 바람, 무(無) 더위. 내일도 날씨가 없기를 바란다. 누군가에게 그런 날씨 같은 사람이 되고, 그런 날씨 같은 감정을 느끼며 살아야지.

안리타

마음을 다해 삽니다.

산문집 <이 별의 사각지대> <사라지는, 살아지는>
<구겨진 편지는 고백하지 않는다> <모든 계절이
유서였다> <사랑이 사랑이기 이전에> <우리가 우리이기
이전에> <잠들지 않는 세계> <리타의 정원>

여행기를 시작하며

길은 길일 뿐이고

그런데 여행 사진이 없다

잠들지 않는 세계 모로코

그렇게 나는 이어서 여행을 떠났다

사라진다, 살아진다

누군가 물었다

한국이라는 여행

여전히 "나"라는 긴 순례의 길

내가 가야 할 곳

여행기를 시작하며

독립서점 Gaga 77page로부터 여행이라는 주제의 글을 제안받았을 때, 나는 내가 할 수 있는 말이 많을 것이라는 직감을 했다. 쓸 수 있는 글, 써야만 하는 글, 그리고 이제는 써도 될 것 같은 글. 실은 그간 많은 글을 썼지만, 내면의 절반의 절반도 아직 보여 주지 못했다. 아직 보여주지 못한 풍경이 많다. 언젠가 한 번은 발설할 때가 있겠지, 그 이야기를 이제는 꺼내어보아도 좋겠지, 하는 마음. 오랜 서랍 속 깊숙이 잘 접어둔 지도를 펼쳐보듯 조심스럽고 떨리는 손으로 그것을 서서히 열어본다. 언젠가 꼭 해야 할 일. 다시금 흐트러진 길들을 배열해 기억의 지도를 완성하는 일.

아, 그랬었지, 그런 여행이 있었지. 되뇌면서.

1.

아메리카 여행. 워싱턴 DC에 머물던 당시, 함께 있던 친구들과 했던 농담이 진담이 되고 말았다. 아메리카 지도를 펼쳐 들고 수직으로 그으며 종단하자 했지만, 땅이 그렇게 클 것이란 짐작을 못 했다. 차를 빌려 몇 날 며칠 도로 위를 달렸던 기억. 플로리다 해변에서부터 워싱턴 DC, 뉴욕, 작은 프랑스를 연상케 하는 캐나다의 퀘벡을 걸쳐 나이아가라 폭포, 그리고 종착지였던 토론토로 향하던 대장정. 피로할 땐 어디든 차를 세우고 거리에서 나는 그림을 그렸고, 친구는 버스킹을 했다. 깊은 밤, 비 내리는 광활한 도로를 질주하며 빗물에 바퀴가 미끄러지기라도 할 때면 정신을 바짝 차리고 다시금 크게 노래를 부르며 길 위를 내달렸다. 우리는 거친 빗속을 뚫고 캐나다 북부로 향해 갔었다.

2.

사랑했던 사람과 한때는 유럽 전역을 활보하곤 했다. 프랑스 파리의 퐁네프 다리를 걷기도 했고, 노트르담 성당을 거닐거나, 에펠 탑 아래서 낮잠 자며 한껏 낭

만을 만끽하기도 했다. 독일 퓌센 혹은 오스트리아나 스위스의 눈보라를 맞으며 광장으로 산으로 다니기도 했고, 이탈리아 베네치아 두오모 성당의 꼭대기에서 사랑을 맹세하기도 했다. 그리고 해마다 아름다운 체코 프라하에서 크리스마스를 보내기도 했다.

3.

나는 특히, 벨기에와 네덜란드를 좋아했다. 패션의 도시 앤트워프에 가면 신진 디자이너들의 신상을 알 수 있었고, 크고 작은 숍에 원정을 다니곤 했는데, 그곳 왕립 학교에 다니던 친한 친구와 나는 그 당시 유망했던 디자이너 헨릭 빕스코브 풍의 톡톡 튀는 패션으로 거리를 자유로이 활보했다. 젊음의 치기가 가득했던 우리는 네덜란드도 자주 배회하곤 했는데, 펍을 돌다가 술에 취해 비틀거리거나 넘어지기 일쑤였고, 급기야 길의 여기저기에서 서로를 주우러(?) 다니기도 했었다.

4.

독일 여행 때마다 뒤셀도르프의 대학가를 떠돌며 화가를 꿈꾸다 결국 독일에서 원하던 공부를 할 수 있게 되었다. 뮌스터의 미대 학창 시절, 마치 꿈을 다 이룬 듯했지만, 독일 특유의 스산한 날씨 탓에 자주 깊은 우울감을 느꼈다. 새벽녘, 오래 그림을 그리던 시간, 음습한 날씨와 이방의 깊은 고독 속에서 자주 울었으며, 집 앞 호숫가에 앉아 자주 상념에 빠지곤 했다. 독일 곳곳을 배회했다. 나는 독일의 베를린 거리를 자주 걸었고, 플라타너스가 늘어선 뮌헨의 슈바빙 거리의 카페에 앉아 철학책을 들고 사유하곤 했다.

5.

독일 친구들과 3주간의 유럽 대장정을 한 적이 있다. 친구 이모가 폐차하려던 작은 구형의 폭스바겐을 끌고 독일 아우토반을 광속으로 질주했다. 그렇게 서독에서 프랑크푸르트, 베를린, 오스트리아, 체코를 거쳐 어딘가 슬프고 고요한 도시 슬로바키아, 슬로베니아, 유고슬라비아를 가로질러 도착한 눈부신 몬테네그로, 두브로브

니크. 크로아티아의 섬과 섬을 떠돌며 캠핑을 하고, 마음에 드는 바다에서 수영하곤 했는데, 적당한 해변을 발견하면 텐트를 치고 쏟아지는 별똥별을 바라보다 잠들기도 했다. (아침이면 경찰이 깨우기도 했지만.) 그렇게 우리는 장소를 옮기며 열흘을 길 위에서 지새우다 드디어 우리가 가고자 했던 발칸 음악 페스티벌이 열리는 세르비아의 작은 집시 마을 구차에 도착했다. 발칸 페스티벌은 내가 다녀온 축제 중에서도 빼놓을 수 없는 인상적인 축제였다. 작은 집시 마을에 몰려든 거대 인파는 장관을 이루었고, 거리의 사람들은 트럼펫을 부는 이들을 쫓아다니며 온종일 춤을 췄다.

6.

자유롭던 젊은 날엔 마음이 원하는 것을 위해서라면 불길에 뛰어들 수도 있을 것 같았다. 주변인들은 나를 늘 만류했고, 염려했다. 간간이 아르바이트하며 돈을 모으면 어디로든 사라졌다. 그때는 역마살이 심해 잠시도 한곳에 오래 못 있었는데, 여러 달 어딘가로 쏘다니지 않으면 시름시름 앓곤 했다.

어디를 가도 내면의 갈증이 사그라들지는 않았다. 더 이상 떠날 나라도, 매력적인 곳도 없어지자 급기야 조금 더 먼 미지를 기웃기웃하기 시작했는데, 아마 진짜 여행은 이때 시작되었는지도 모른다.

모로코 페즈에서 미로를 헤맨 시간, 거기서 만난 사람들, 시작도 끝도 없이 광활한 사하라 사막, 아무도 없는 사구 아래서 블랭킷을 덮고 별의 운행을 돌보며 잠들었던 기억. 그때의 여행은 기존의 나와 내 모든 면모를 완전히 뒤바꾸었다. 그 이후 나는 점차 문명이 닿지 않는 나라로 떠나기 시작했다. 내 삶을 통째로 뒤바꾼 여정의 서막이었다.

7.

태국의 비 내리는 뜨랏이 떠오른다. 라오스 메콩강이 떠오른다. 캄보디아 각지에서 만난 사람들이 떠오른다. 자연에 근접한 생활 방식의 사람들은 내 마음에 깊이 각인되어 전혀 다른 삶의 길로 나를 인도했다. 나는 어느덧 고요하고, 느리고, 자연에 가까운 삶을 동경하기 시작했다. 그러니까 방황을 종식할 만한 안정과 행복을 찾아다니기 시작했다. 오로지 그것만을 위했다.

8.

그리고 결정적인 인도와 네팔. 내가 가진 모든 것을 팔아 순례의 길에 나섰다. 가방 속에는 생필품 몇 개만 챙긴 채, 오로지 삶의 깨달음만을 향했다. 맨발로 걷거나 거리에서 종종 노숙하기도 했고, 구루지(영적 스승)나 스님들을 따라다니며 명상하거나, 라마승을 따라 오체투지를 하기도 했다. 마하라지의 아쉬람이 있던 남인도에서 아루나찰라산을 오르며 인간 세계를 고민하기도 했고, 북부의 가난한 어느 마을 보드가야에 당도해 오래 수행하기도 했다. (도착해보니 보드가야는 부처님이 깨달음을 얻었다는 마을이었는데, 그 마을엔 부처님이 삼매에 들었던 큰 보리수나무가 있었고, 나도 무언가 깨달을까 싶어 나무 아래 종일 앉아 있다 오곤 했다.) 그리고 네팔로 넘어가 산과 산마을을 떠돌다 당도한 고산 마을 탐가스, 레숭가산에 올라 가까이 구름 높이에 놓여 있는 히말라야 산맥을 바라보며 삶의 진로를 재정비하는 시간을 가지기에 이르렀다.

9.

그리고 모든 여행의 종착지가 된 터키에서의 한 달. 무작정 동쪽으로 향하던 여정. 열차를 타고 이스탄불에서부터 반 호수, 그리고 인근 마을을 배회하다 이란 국경이 있는 작은 마을 도우베야짓까지 갔다. 국경 근처는 삼엄했고, 마을은 적적했다. 매일 국경의 경계에 있는 군 초소 사이로 걷다 보면 사나운 개들이 나를 쫓아다니기도 했고, 머리부터 발끝까지 검은 의상에 니캅을 입은 무리가 나를 이상한 시선으로 바라보기도 했다. 단지 나는 볼품없는 마을에서 신비롭게 생긴 아라라트산을 오래 바라보다 오곤 했는데, 이란을 넘어가기를 단념한 채 한동안 그 마을에 머물렀고, 다시금 서쪽 이즈미르주로 거슬러 가 그리스가 가까이 보이는 체시메 해변을 거닐며 여행의 마지막을 만끽했다. (이후에 아라라트산이 노아의 방주 이야기에 나온 산이라는 것을 알게 되었다.) 터키 하면 어떤 지역보다도 횡단하며 달렸던 야간열차에서 바라본 광활한 자연이 마음속에 맴돈다. 끝없이 펼

처진 대자연은 분명 내가 보고 자라온 것과는 달랐고, 형언할 수 없지만, 뼈대가 굵고 키 큰, 꼭 서방의 사람들을 닮아 있었다.

10.

나는 막연히 다짐했다. 내 모든 방랑을 종결하기로. 시간이 흘러 독일 생활을 정리하고 귀국한 한국, 지리산 마을 구례는 여행 중 인도에서 만난 한 부부가 살던 지역이었는데, 방문차 갔다가 아름다운 풍경에 반해 아예 정착하기에 이르렀다. 리틀 포레스트를 꿈꾸며 4년간 귀촌 생활을 했다. 화려한 도심 속 사람들이 더는 매력적으로 다가오지 않게 되었다. 나는 이제 여행에서 만난 사람들처럼 소박하게 살고 싶은 마음뿐이었고, 그러면 행복할 것 같았다. 시골에선 감 농사를 지었다. 식량을 해결하기 위해 마을 이장을 따라다니며 해마다 벼농사를 짓고, 매실과 사과 등을 수확했다. 양봉을 하거나 밭을 갈고 야채를 재배하기도 했으며, 남는 시간에는 자주 산으로 들로 나가 사색하고 들어왔다. 아무도 모르는 삶의 시간이었다. 이때의 고된 노동과 삶의 경험은 지금

나의 정서에 큰 영향을 미치게 되었다. (이 이야기의 일부는 <리타의 정원> 책에 기록되어 있다.)

11.

그 이후 나는 한국 특유의 정서와 문화, 그리고 이상과 현실 사이에서 큰 갈등을 겪었다. 자연 속에 있는 게 좋았지만, 가난과 굶주림을 견딜 방도가 없었다. 그리하여 다시금 상경하여 열심히 돈을 벌기로 각오했다. 서울에서 2년을 일했고, 3년 차에는 다시금 일산에서 일을 하며 글을 썼다. 이 또한 여행이겠지, 생각하며 도시에 와서는 사회생활과 경제생활, 현실, 인간관계 같은 것들을 배우는 중이다.

12.

늘 원하는 무언가에 홀리듯 탐구하고 폭주했던 까닭에 타인들보다 다채로운 경험을 했다. 지금 와서 생각해보면 나는 내 삶의 시간을 충실히 잘 살아낸 듯하다.

50여 개국의 방황을 끝으로 더 이상 해외여행을 하지 않은 지는 벌써 8년 이상 접어든다. 삶은 여행 때의 벅참과는 정반대의 성질을 지녔고, 나는 젊은 시절 실컷 떠돌아다닌 탓에 누구보다 가난한 한국인으로 살아가고 있다. 경력도 단절되었으며, 남들보다 더 많은 일을 해야 겨우 연명할 수 있는, 이곳은 치열한 현실이었다.

  그렇게 과거의 자유는 마음의 무덤 속에 오래 묻혀 있었나 보다. 어떤 기억이 마음의 중심에서 몸을 일으키려 하고, 깨어나려고 할 때면 삶은 다시금 그것을 짓밟았다. 먹고살기에도 벅차고 바빴지만, 늘 짓이겨지고 해체된 심장 속에 꼭 움켜쥔 채 포기하지 못하는 것들이 있으니, 숱한 방황과 여행 속에서 만난 사람들의 이야기들, 그리고 그들이 남긴 마음이다.

  아무도 모르고 아무도 알아주지 않지만, 누구보다 값진 지도를 지니고 있으므로 작은 불씨처럼 죽지 않고 살아 있는 단 하나의 동화는 나를 또 이 삶이라는 여행 속에서 살아가도록 한다. 지금은 독립출판 작가로서 글을 쓰고 있다. 어쩌면 이제 나는 내면의 지도를 걸으며

이전과는 다른 여행을 하고 있는지도 모른다고 생각했
다.

어디로 걸어가야 할지 모르겠으면 모르는 채로 걸어가도 된다. 길이란 어디서건 길일 뿐이고, 나는 오로지 자신만을 걸을 뿐이니. '어디를 가자'가 아닌 '어디를 가더라도 어떤 마음가짐인지'가 중요하니.

길은 길일 뿐이고

1.

　나는 유독 길치다. 다녀간 장소를 단 한 번에 기억해
낸 적도 없거니와 대개는 대여섯 번 정도 가야 그 장소
를 익힌다. 목적지와 길들을 떠올리는 능력이 내게는 없
는 듯하다. 어쩌면 지명을 떠올리거나 정확한 목적지를
찾아갈 의도가 전혀 없었는지도 모른다. 어쨌든 나는 여
행 중에 단 한 번도 지도를 지녀본 적이 없고, 장소를 설
정해둔 적도 없다. 세계 각국을 여행하면서도 늘 그렇듯
길을 잃어버릴 각오를 하고 대문을 나섰으며, 당연히 나
는 거리 한복판에서 길을 완전히 잃었다. 그리고 거기서
망설였으며, 거기서부터 다시금 사람들에게 묻거나 구
원의 손길을 따라 걸었다. 지도를 믿지 않고 사람을 믿
었던 것 같다. 만약 목적과 계획을 세밀하게 세웠다면,
길 위에 대기하고 있던 인연과 사연들이 쉽게 스며들 수
없었을 것이다.

여행 중에 우리는 적당히 느슨해야 하며, 적당히 내려놓아야 하며, 적당히 길을 잃어야 한다. 그리고 겪어보아야 하고, 들어보아야 하며, 느껴보아야 한다. 내가 믿고자 했던 정보와 목적을 버리고 골목골목 헤매어보아야 한다. 여행은 꼼꼼히 지도 속의 방위를 읽으며 장소를 찾아가는 것이 아니라, '아무것도 모른다'라는 마음에서부터 걸어가보아야 한다. 그리고 관광지가 아니라, 길 잃은 곳에 펼쳐진 풍경, 누군가의 생활, 그러니까 아무도 모르는 곳에서 삶을 고요히 사는 사람들이 어떤 향기와 눈빛을 띠는지, 무엇을 말하는지 듣고 보아야 한다. 나에게 여행은 그것에 가까웠다.

2.
이렇듯 나에게 여행은 준비된 상태의 출발이 아니었다.

어느 날 문득, 어떤 감정이 떠오를 때면 고민 없이 그날 비행기를 타고 떠났다. 단지 나는 마음이 원하는 것에 나를 맡겼을 뿐이다. 독일에 오래 거주한 탓에 독일을 둘러싼 유럽 국가들로 이동하는 것은 서울에서 부산 여행 가는 것만큼이나 간단했다. 잠 오지 않는 밤, 맥주를 마시고 싶으면 일어나 바로 네덜란드 암스테르담으로 향했고, 산이 보고 싶으면 알프스로, 눈이 보고 싶으면 오스트리아, 옷을 사거나 외식을 하고 싶으면 벨기에로, 바다가 보고 싶으면 한적한 스페인이나 프랑스 북부 해안가로 달려갔다. 유럽은 저가 항공이 있어서 당일에 급히 비행기를 타더라도 한 끼 식사비만큼 저렴했기에 유럽의 한복판에 살면서 바람이 잦을 때마다 이곳저곳 떠돌아다닐 수 있었다. 기약이 없는 여행은 언제나 나에게 알 수 없는 해방감을 줬다. 내가 알아듣지 못하는 언어권에서 아무도 모르는 거리를 활보할 때에야말로 진정한 자유를 느꼈다.

규율, 규칙, 누군가가 만들어놓은 암묵적 동의, 언어, 관습과 속세의 것들이 나와는 잘 맞지 않았고, 누군가로부터 그것이 잘못되었다고 지탄을 받을수록 나는 더더욱 낯설고 혼자인 미지로 방황했으며, 아무도 나를 찾지 못하는 어딘가에 당도하고 나서야 평온을 되찾았다.

3.

다시금 이야기로 돌아와서, 수많은 여행 에세이, 수많은 여행 책자, 안내서, 서점의 가판 위에 잘 보이게 놓인 그것들이 나의 여행을 돕지는 않았다. 서점에서 슬쩍 본 여행 안내서를 펼쳐 들고 몇 개의 지역을 수첩에 기록해두기는 했다. 그 지역을 피해 가기 위해서이다. 나는 여행객들만 가득한 관광지를 선호하기보다는 그 나라의 문화와 삶을 깊숙이 체험해 보고 싶었을 뿐이다.

마음이 있는 곳이라면 어디에나 달려갔다. 점차 이름 없는 길, 길 없는 길들, 간판 없는 식당, 이름 모를 사원과 산을 걸으며 여행을 하곤 했는데, 어느덧 마음의 주파를 느낄 수 없는 도심과 관광지는 더는 가지 않았다. 오지의 들판으로 산간 마을로 떠돌아다니다 보면 때로는 식당을 찾지 못해 온종일 굶기도 했고, 어떤 날은 숙소를 발견하지 못해 길가에서 노숙하기도 했다. 누군가를 만나 동행하여 예상치 못한 곳으로 향하거나, 막연히 남쪽에서부터 북쪽으로 올라간다거나, 그러다 탄 버스에서 창밖을 멍하니 바라보다 마음을 붙잡는 풍경과 사람들을 마주하면 기사에게 내려달라고 간곡히 부탁해 그 길로 홀린 듯 또 걷곤 했다.

4.

나와 가까운 이들은 이런 나의 역마살을 염려했고 걱정했지만, 나는 나를 걱정한 적이 없다. 어떤 연유인지는 모르지만, 나는 막연히 내가 걷는 길을 꾸준히 믿고 있었다. 늘 마음이 지시하는 것만 행하다 보면 자주 외로웠고 고독했으며, 종종 자신을 의심하게 되기도 했지만, 나는 마치 운명이거나 신의 계시와도 같은 이 목소리를 따르지 않으면 안 되었고, 내가 원하는 그것을 하지 않으면 안 된다는 마음이 다시금 강하게 요동쳤다.

누가 타인을 나무라고 지시하는가. 이건 내 인생 아닌가? 내 운명이 나에게 명령하는 그것만을 따랐다. 우리 모두 삶의 미지를 향해 가는 사람들 아닌가. 정답도 목적지도 없다. 방향을 찾아가야 했다. 그렇게 방향을 헤맬 때, 변곡을 알리는 사람들이 기다렸다는 듯이 내 손을 잡아주었다. 그들이 늘 나를 살리고 나를 구원했다. 그리고 이정표를 세워주고 떠나갔다.

5.

그렇게 막연하고도 추상적인 여행은 내게 매번 전혀 다른 세계를 선물해줬다. 그러니까 수십 킬로미터의 지역과 지역을 잇는 작은 도로를 하염없이 걷던 날, 땅거미가 내려앉고 어둠이 장악했을 때까지, 건물 하나 발견하지 못했을 때, 정말 이제는 큰일이다 싶은 위기와 두려움의 순간에는 꼭 어디선가 나타나 도움의 손길을 건네는 사람들이 다가왔다.

같은 방향으로 지나가는 차들이 멈춰서 나를 걱정해주기도 했고, 어떤 지역으로 이동시켜주기도 했다. 오토바이를 얻어 타기도 했고, 그 길로 현지인들이 사는 마을에 도착해 친구들을 사귀며 오래 머물기도 했다. 교통비를 내주는 현지인이 있었고, 여행 경비를 빌려주던 여행객도 있었다. 거리에서 우연히 만나 사랑을 고백했던 연인들도 있었으며, 오래 마음에 담고 걷던 화두를 해소해주는 사람들도 있었다. 모두가 이런 한심한 나에게 부드러운 손길을 건네주었으며, 미소를 지었다. 모두가 나를 위하고 있었다. 도무지 설명할 수는 없는 여행. 나에게 여행은 이런 여행뿐이었다.

그런데, 여행 사진이 없다

그러니까 여행의 서막은 내 전공과도 관련이 있다. 미술 학도였던 나는 독일로 유학을 갔는데, 그곳에서 내가 오래 몸담았던 전공이 적성에 맞지 않아 정체성의 혼란을 느끼던 시기였다. 붓을 들고 작업하기보다는 내적 사유와 철학에 심취되어 있었던 한때. 내가 왜 이것을 하려고 하는가. 이것을 하려는 나는 누구인가. 나는 무엇을 하며 또한 나는 어디로 가는가. 이러한 화두를 구체적으로 고민하던 시절이었다. 나는 성공과 야망, 혹은 그림을 그리는 일에 앞서 그것을 하려는 나에 대한 의문이 극심했다. 순수 회화반에서 4학기를 보내고 나서 나는 사진 교수의 반으로 전공을 옮겼다. 사진이 좋아서라기보다는 나의 사상과 역마살을 가장 잘 이해해줄 수 있는 교수가 필요해서였다. 그 교수는 나의 고민을 함부로 폄하하거나 단순히 생각하지 않았다. 그는 자상하고 누구보다 마음이 넓었고, 영성이 깊었다. 그리하여 내가 더 넓은 세상 속에서 삶의 깨달음과 내면의 답을 찾아 주기를 원했다. 나는 교수의 허락하에 수업 이수 인증을 받고 학교 수업 대신 해외를 떠돌아다니며 다큐멘터리 사진을 찍기 시작했다. 그렇게 여행의 대장정이 시작되었는지도 모른다. 돌아오는 항공편을 끊지 않고 나라와 지역을 옮겨 다니며 사진을 찍었다. 세상을 걸어 다니며 작업할 수 있는 것은 내게 축복과 같았다.

관광지에 가면 나처럼 사진 장비를 들고 다니며 사진을 찍는 세계 각국의 작가들이 종종 있었다. 그들과 이야기를 나누거나 함께 장소를 찾아다니며 촬영하기도 했다. 그러나 그들과 대화를 할수록 나의 의구심은 증폭되어갔다. 또다시 극심한 의문이 나를 휘감고 있었는데, 이 행위가 과연 '무엇을 위한 것인지'라는 물음을 먼저 풀어야 했던 것이다. 명함을 건네며 유명 작가라고 하는 사람들은 노을이 질 때쯤 마을을 찾아와 잠깐 사진만 찍고 돌아가 전시를 하고 책을 내기도 했다. 나는 그들의 행위를 보며 예술에 대한 깊은 회의가 들었다. 예술이란 무엇인가. 걷고 걸으며 나는 그 의문을 해소해야 했으며, 그것이 촬영보다도 더 우선순위였다. 점차 사진을 찍는 횟수가 줄어들었고, 급기야 아무것도 찍지 않게 되었다.

생각해보니 내가 사진을 찍는 원초적 이유는 어쩌면 내가 모르는 마음을 살아보고 싶었기 때문이 아니었을까. 그러니까 마음이란 타자와 나의 시선을 분리해서 이원적으로 바라보는 것이 아니라, 타인 속으로 들어가 봐야 하는 것 아닐까. 몸소 그들의 삶을 깊게 이해하는 것 아닐까. 예술이란 결국 행위가 아니라, 살아내는 것이 아닐까. 그리하여 어느 순간부터는 행복하고 순수한 사람들 곁에서 사진 찍는 행위가 더 이상 필요 없어졌다. 문명인인 내가 그들의 삶에 갑자기 나타나 기계를 들이밀어 온전한 세계를 침범하고 있는 것은 아닐까.

무엇을 위해 찍는 것인가. 사진을 찍어 돌아가서 어떤 업적을 남긴다 한들 그것이 내 자신을 어떻게 설명할 수 있을까. 나는 언제부터인가 그들을 찍으려다 말고 그들 속으로 섞이길 바랐다. 나도 그러면 행복해질 것 같았고, 순수해질 것 같았다.

나는 늘 행위의 원초적이고 근원적인 뿌리를 찾곤
했다. 내가 향하려 하는 모든 방향의 시발점이 궁금했을
뿐이다. 내가 가려고 하는 목적보다는 그것이 지시하는
마음의 뿌리가 궁금했을 뿐이다. 무엇을, 보다는 어떻
게. 어떻게, 보다는 왜, 가 궁금했을 뿐이다.

나는 극심한 어떤 삶을 찾아다녔고, 그리하여 순수
하고 맑은 아이들을 뷰파인더에 담고자 했던 것 같다.
아니, 단지 두 눈에 담고자 했던 것 같다. 아니, 차라리
아이가 되고 싶었다. 저 천진하고, 순수 무결하고 신성
한 존재가! 그리하여 그들 속에서 그들이 되어 지내다
보면 더 이상 찍을 타자가 없었고, 그 지점이 내가 추구
하는 모든 삶의 방향(타인과 나를 이원적 시선으로 분리
하는 것이 아닌 통합하고 합일하는 경지)이었다. 무엇보
다 나는 여행을 통해 진정한 행복이 무엇인지 두 눈으로
목격하고 만 것이다!

나는 내가 만나온 그들의 눈빛과 태도를 꽤나 이해
했고, 이제야 진정 내가 원하는 삶이 무엇인지 조금 알

것 같았다. 사진을 찍는 행위는 내게 더 이상 어떤 의미
도 전하지 않았다. 나는 내가 걷는 풍경 속에서, 생의 길
위에서 그냥 살기로 했으니까.

그리하여 아쉽게도 숱한 여행 중에 남긴 사진이 몇
장 없다. 인도나 네팔, 터키 등지에서 오래 무전여행했
던 당시의 사진은 한 장도 남아 있지 않다. 아무것도 내
여행을 증명할 수 없지만, 그때 보고 느꼈던 타인의 삶
과 장면들은 내 마음 깊이 뿌리를 내리고 있으며, 그 여
행 이후 나는 그들이 내게 알려준 방식의 삶을 살고 있
다. 이 여행 기록을 통해서 눈으로 마주하고 저장했던
커다란 내면의 여행지를 풀어헤치려 한다. 그러나 다시
고민한다. 여기 마음에 드넓게 쌓여 있는 지도 중에서
어떤 것을 이야기해볼까. 주어진 분량에 따라 아쉽게도
수많은 에피소드 중에 단 하나의 이야기밖에 전달할 수
없을 것 같다.

언젠가 내 기억 속에 살아가는 사람들의 목소리를
온전히 전하는 때가 있기를 바란다. 내 삶을 가장 변화

시켰던 여행, 그리고 지금까지 마음속에서 지속해오고,
또한 살아가고 있는 그날을 적어보려 한다.

잠들지 않는 세계

모로코 편

'여기는 어디지?'

비가 폭포수처럼 내리는 공항이었다. 살면서 그토록 강하게 내리는 비를 본 적이 없다. 이곳은 공항이라기보다는 작은 도시의 터미널같이 허름했다. 검은 히잡을 두른 채 얼굴을 가린 사람들이 내 앞뒤에 줄지어 서 있었다. 낯선 얼굴들, 삼엄한 분위기, 비행기에서 내려서야 나는 이곳이 아랍 국가구나, 하는 짐작을 했다. '여기는 도대체 어디인가.' 나는 단지 가장 저렴한 항공 티켓을 끊어 아무런 정보도 없이 이곳에 온 것이다.

누군가 검은 먹물을 쏟아붓는 것처럼 공항 밖으로 아무것도 보이지 않았고, 나는 비가 그치기만을 기다리고 있었다. 주변을 둘러보아도 흔한 관광객을 찾을 수는 없었다. 사람들이 서서히 사라지자 나는 다급해져갔다. 곧장 누군가와 몇 마디의 영어를 주고받은 후, 마지막으로 도시로 나가는 차를 얻어 타고 무작정 그곳에서 벗어나게 되었던 것 같다. 어렴풋하게 기억하건대, 그날 밤 빗발 사이로 아무도 없는 텅 빈 도로와 광장을 한참 지나서야 나는 어떤 성문 안으로 들어갔던 것 같다. 비는 다시금 거세게 내리기 시작했고, 사람들은 비를 피해 어디론가 서둘러 뿔뿔이 흩어졌다.

아까보다 더 심각한 상황이 이어졌다. 이제 우중 한가운데, 낯선 골목에 혼자 덩그러니 놓인 것이다. 불빛을 찾아 아무리 걸어도 아무것도 찾지 못했으며 되돌아가는 길조차 잃어버렸고, 비를 피하지 못해 다 젖은 생쥐 꼴로 미아가 되어 있었다. 주위를 둘러보아도 방향을 잡을 수 없는 벽과 벽뿐이었다.

'정말 이상한 곳이야. 길이랄 것이 없어. 뭐 이런 데가 다 있지? 온통 질퍽이고, 좁고, 어두운 벽과 벽뿐이야.' 마치 미로에 갇힌 것 같았고, 악몽 속에 있는 것 같았다. '이번에는 정말 잘못 온 것 같아⋯.' 불길한 예감에 휩싸인 채, 나는 즉흥적으로 떠나온 나를 질책하고 있었다.

나는 그렇게 갈피를 찾지 못한 채 처마 아래 망연자실 주저앉아 있었다. 그때 저쪽에서 어떤 사내가 이쪽으로 우산을 쓰고 터벅터벅 걸어오는 것이었다. 그는 키가 상당히 컸고, 마치 왜곡된 그림자를 보는 것 같았다. 순간 무섭다고 생각하는 동안, 그가 이미 성큼 다가왔다. 가무잡잡한 피부, 꼬불거리는 검은 머리카락과 수염. 어둠 속에서 젖어 있는 그의 몰골은 음침했으며 나는 순간, 공포 영화의 한 장면 속에 들어온 듯했다.

'여차하면 쥐도 새도 모르게 사라져도 모르겠다. 어쩌지?'

내면의 불안은 요동쳤다. 심장이 빠르게 뛰었다. 그를 한껏 의심의 눈초리로 경계하고 있었다. 본능적으로 나는 급히 머릿속에 내가 지닌 것들을 떠올렸다. 간소하게 온 탓에 훔쳐 갈 것은 없었다. 가방 속 지퍼백 안에는 여권, 오래 지니고 다닌 오래된 수동 카메라와 필름 몇 통, 여벌의 옷만 덩그러니 있었다. 사실상 들고 가도 상관없는 것뿐이었다.

나는 어떤 결단을 내려야 할 것 같았지만, 방법을 찾

지 못한 채 태연한 척 표정을 지으며 미동도 하지 않았다. 그를 똑바로 바라볼 수가 없었다. 그러자 그는 내 앞에 똑같이 쭈그리고 앉아 나를 바라보았다.

"왜 여기 있어? 여기서 무엇을 기다리는 거니?"

나는 대답하지 않았다. 그는 차근히 나를 뜯어보는 것 같았다.

"비에 다 젖었구나. 갈 곳은 있어?"

그는 내가 관광객이라는 걸 한 번에 알아보는 것 같았다. 그렇지 않고서는 여기서 이런 몰골로 있을 리 없지 않은가. 그는 영어를 할 줄 아는 것 같았고, 몇 개의 정보를 유추해볼 수는 있을 것 같아 대화를 시도해봐도 좋겠다는 생각이 들었다. 나는 용기를 내어 그의 눈을 바라보았다. 검은 동공. 그러나 경계를 하거나 음흉한 눈빛은 아니었다. 단지 깊고 짙은, 해치지 않는다는 눈빛, 천천히 바라보니 호의적인 얼굴, 어딘지 다정한 목소리. 그는 호기심 가득한 얼굴로 나에게 재차 물었다. 나는 어디서부터 어떻게 이 상황을 설명해야 할지 망설였다.

"실은 나도 여기가 어딘지 몰라. 길도 잃어버린 것 같고, 이 상황을 나조차 이해하지 못하고 있어. 하필 비가 와서."

그는 이런 나의 말이 마치 외계 행성에서 지구별로 뚝 떨어진 외계인의 이야기처럼 신기했을 것이다. 가만히 우산을 씌워준 채 경청하는 그의 표정을 보며 나도 모르게 두렵다는 마음이 점차 노곤해졌다. 알 수는 없지만, 막연히 마음이 그래도 된다고 지시하는 느낌. 나는 한숨을 크게 쉬고 나서 다시금 그의 눈을 경계를 풀고 바라보았다. 그는 가만히 염려되는 얼굴을 하고 있었다.

"나는 비행기를 타고 독일에서 이곳으로 왔어. 물론 숙소를 예약하지도 않았고. 그러니까 여긴 이상한 지역 같아. 길이 보이지 않고, 여행은 맞는데, 음…. 그런데 너는 왜 여기 있니?"

나의 물음에 당황한 건 그도 마찬가지였다.

"그러게, 친구네 있다가 나온 길이었는데, 내가 왜

여기로 오게 된 건지… 혼자 온 거니?"

"응, 혼자."

나는 있는 그대로 이야기하는 편이 낫다는 직감이
들었다. 그는 나를 향해 시종일관 안온한 눈빛을 취했
다. 불안은 서서히 사라져갔다. 나는 이 이해 불가의 상
황을 곱씹고 있었다.

"너는 이곳에 올 수밖에 없었는지도 몰라. 여기 오기
까지 너무 많은 시간이 걸렸겠지. 분명 용기를 냈을 테
고, 무언가 절실하고 간절했을 거야. 그렇지 않으면, 이
곳에 이렇게 있을 리가 없잖니."

"맞아 사실은…"

그렇게 그와 몇 마디의 대화를 나누기 시작했다. 그
와 한마디를 하면 이상하게도 더 깊은 심중으로 빨려들
것 같았다. 그는 한 단어 이후에 수십 마디를 쏟아내게
하는 이상한 능력이 있는 사람이라고 생각했다.

나는 이름과 모국, 그리고 나이 등등의 몇 가지를 소

개했지만, 종국에는 고민과 생각, 그리고 속마음까지도 다 말해버린 것이다. 몇 마디라기보다는 이상하게도 짧은 그 시간 동안에 모든 생애를 다 이야기한 것 같았다.

"정말 신기하다. 너를 이전에도 꼭 만난 것 같다, 마치."

그와 잠시 앉아 있었을 뿐이고, 서로가 영어로 유창하게 털어놓을 형편도 아니었음에도, 아주 간단한 표현만으로도 서로의 심중 깊이 가닿았다는 사실이 믿기지 않았다. 그는 그렇게 내면으로 자꾸만 나를 유도했다. 얼마나 시간이 더 지났을까. 비는 조금 내리다가 이내 그쳤다. 사방이 고요한 정적 속에 우리는 서로 바라보고 있었다.

"가자."
그가 말했다.
"네가 나를 믿지 못한다는 걸 알아. 이 상황이 그렇다는 것도. 그런데 일단 나를 믿어도 좋아. 무서워하지 말고 일단 안전한 곳을 한번 찾아보자."

그리고 그는 연이어 말했다.

"나를 따라와. 이 근처의 가까운 숙소에 데려다줄게. 그곳에서 일단 아침까지 한숨 푹 자고 일어나. 네가 원한다면, 일어날 때쯤 데리러 올게. 그리고 진짜 여행을 하자. 이곳이 금방 마음에 들 거야."

나는 미동도 하지 않고 고민을 했다. 그때, 그는 다시 한 번 편안한 미소와 함께 말했다.

"너는 꼭 반대로 하는구나. 가방을 열지 말고 마음을 열어. 마음을 닫지 말고, 가방을 닫아야지. 여행을 왔으면!"

나는 옆에 놓인 가방을 바라보았다. 맞아. 나는 어디를 가더라도 늘 가방의 지퍼를 다 채우지 않는다. 그건 그저 덤벙거리는 나의 습관 같은 것이다. 나는 그제야 웃어 보이는 여유를 보였다.

그와 어느 호텔의 낡은 철문을 열고 들어갔다. 안에는 리아드 형태의 로비가 소담하게 펼쳐졌고, 나는 비를 피하고 잘 수 있음에 안도했다. 그와 그곳에서 짧게 작별 인사를 하고 프런트를 지나 벨보이가 안내하는 방으로 올라갔다. 주황빛 회벽이 그대로 드러난, 바닥에는 모스크 타일로 장식된 이국적인 숙소는 며칠 머물기에는 나쁘지 않다고 생각했다. 샤워하고 옷을 갈아입고 침대에 누워 있으니 혼곤했다. 멀리서부터 알 수 없는 아잔 소리가 서서히 울려 퍼졌다. 마치 파도처럼, 다가오면서 멀어지면서, 밀려드는 어떤 꿈 속으로, 생경한 그 소리의 물결 속으로 헤엄치듯이, 그렇게 나는 서서히 잠들었다.

*

잠에서 깨어나 의식이 돌아왔을 때, 밖에서 사람들의 분주한 소리가 들려왔다. 방문 밖으로 몇 번의 인기척이 있었던 것도 같다. 이미 해가 중천에 뜬 듯했다. '아 진짜 여행이야, 꿈이 아니었다고.' 생각하며 씻고 준비하는 동안, 밖에선 누군가 경쾌하게 대화하는 소리가 들려왔다. 그리고 문을 열었을 때, 그가 하이파이브를 하듯 내게 손을 건네는 것이었다.

"잘 잤어? 컨디션이 좋아 보여 다행이다."

숙소를 나오니 어젯밤과는 너무 다른 풍경이 눈에 들어왔다.

밤새 내린 빗물은 뜨거운 태양 볕 아래 거의 말라가고 있었다. 후끈한 대지의 공기가 여행을 실감케 했다.

"아마도, 푹 잔 것 같은데?"

우리는 대문을 나서 어제 헤맸던 그 길을 거닐었다. 이곳이 온통 골목으로 이루어진 것은 분명해 보였다. 내가 살던 독일의 잿빛 음영과는 너무나도 대조되는 황금빛의 도시. 그림으로 치면 물감 중에 가장 많이 남아 있을 것 같은, 잘 사용하지 않는 색감. 그리하여 내게는 이색적인 풍경이 더 도드라졌다.

"이곳은 페즈라는 곳이지. 실은 많은 관광객이 찾기도 하는 이곳은, 세계에서 몇 되지 않는 미로 도시야. 9,000개의 골목으로 이루어졌지. 간혹 여기 사는 사람들도 길을 헤매곤 해. 그러나 이제부터 걱정 안 해도 돼. 나는 페즈를 아주 잘 알아. 길을 잃을 일은 없을 거야."

"이곳을 Medina(메디나)라고 부르기도 해. 이슬람 문화의 시가지를 의미하는데 성벽으로 둘러싸여 있지. 우리는 그 안에 있는 거고. 너는 어젯밤 밥부즐렛(성의 문)을 통해 이곳으로 들어온 거야."

그는 맑은 표정으로 신이 나서 이야기했다. 나는 이제야 어제의 당황스러웠던 상황을 이해할 것 같았다. 페즈는 음산하고 무서운 미로가 아닌 옛 정취의 메디나가 잘 보존된 작은 도시였다.

"너 배고프겠구나. 뭐라도 먹자."

골목에는 문이 없는 가게들이 늘어서 있었다. 현지인들이 자주 간다는 로컬 식당에 들어갔다. 나는 민트차, 쿠스쿠스와 타진을 시켰다.

"지금은 라마단 기간이야. 이곳 사람들은 이 기간에 점심을 먹지 않아." 그는 혼자 식사하는 내가 불편할까 봐 하리라 수프를 시켜 내 쪽으로 밀어 놓으며 즐거운 눈빛으로 이야기를 이어나갔다. 음식의 맛은 서양식과 한국식이 뒤섞인 것처럼 입맛에 잘 맞았다.

"여기는 작지만, 또 세상에 없는 특별한 곳이야. 이곳은 1,000년이 넘도록 무슬림 전통의 옛 방식을 그대로 유지하고 있는데… 나는 이곳에서 태어나 자라왔고, 계속 살아왔어… 이곳으로 말하자면 그러니까…."

나는 그 설명보다 그가 말하는 표정과 시선이 더 흥미로웠다. 그는 대화중에도 골목을 지나다니는 사람들을 힐끗하며 계속 손인사를 했다. 마치 모두가 다 아는 친구인 것처럼. 그중 한 무리가 이쪽으로 다가와 테이블에 빙 둘러앉았는데, 나는 약간의 경계와 함께 낯설어하는 눈빛으로 그들을 쳐다봤다. 검은 눈썹과 수염이 가득 난, 아라비아 영화에 악당으로 나올 법한 얼굴들. 이마와 눈썹에는 흉터가 있었고, 덩치가 크며 험상궂게 생겼지만, 그들은 어깨에 메고 있던 악기들을 앞에 놓고 퍼커션 연주를 하며 내 여행을 환영해주었다.

그들의 경쾌한 음악을 경청하고 나서야 걱정과는 달

리 좋은 사람들이 많을 것 같다는 예감과 함께 흥미롭고
이색적인 여행지를 실감했다.

친구들을 보내고 식사를 마치자 우리는 그대로 거리
로 나와 골목골목을 가볍게 누볐다. 노점상이 줄지어 이
어진 골목, 가판과 벽에 걸려 있는 신발 가게 앞에서야
나는 어딘가 불편한 느낌이 들었다. 어제 비에 다 젖은
신발이 마르지 않아 너무 찝찝했던 터였다. 그에게 신발
을 가리키자 그는 알아들었다는 듯 웃으며 멈추어 섰다.
이곳 사람들이 신는 형형색색 신발들이 걸려 있었다. 도
무지 도시에서는 신을 수 없을 법한 색의 신발들, 나처
럼 발이 작은 사람에게 맞는 신발은 없어 보였지만, 아
무튼 흥미로웠다. 그는 "오 이거 예쁜데." 말하며 노란색
바부시를 가리켰다. 노란색 신발은 신어본 적은 없지만,
"이거 신으면 여기서 길을 잃어버려도 나 찾을 수 있겠
다!"라고 웃어 보이며 신을 갈아 신었다.

곧이어 우리는 블루 게이트로 향했다. 길에는 상점
이 늘어서 있었고 어느 골목에나 사람들이 많았다. 신비
한 리듬의 아랍 음악이 거리를 걷는 우리를 쫓아 귓가에

흘러들었다.

재래시장, 푸줏간, 세라믹 공예품과 타피(카펫) 가게, 그리고 금속 공예를 하는 사람들, 돌판에 코란을 조각하는 상인, 그리고 이슬람 문화 양식이 잘 보존되어 있는 성전도 눈에 띄었다. 어디선가 코란 읽는 소리도 가까이 들렸다.

거리의 사람들은 고깔모자가 있는, 발목까지 내려오는 긴 망토같은 모로코의 전통 의상을 입고 있었는데, 옷의 이름을 물어보려 하자 그는 가까운 어딘가로 나를 데려갔다. 그리고선 작은 골목 수선집에 들어가 몇 마디 말을 주고받더니 나에게 꼭 맞는 작은 옷을 건네줬다.

"이거 질레바라는 옷인데, 빌렸는데 입어볼래?"

나는 그 자리에서 질레바를 걸쳤다. 드디어 나는 이곳 원주민처럼 둔갑하고 다시금 거리를 다시 활보하기 시작했다.

그는 시종일관 웃음을 잃지 않았다. 눈을 마주치면 늘 "럭키"를 말하곤 했다. 그는 사람을 편안하게 하는 재주가 있는 듯하다. 누구든 그와 함께하면 불안하지 않을 것 같았고, 덩달아 웃게 될 것 같았다.

그는 말하는 내내 가슴을 손으로 쓸어내리는 습관이 있었다. 말을 하며 가슴을 두드리거나, 심장을 잡는 제스처를 취했다. 마치 거기서 모든 이야기가 나오는 것처럼, 그곳을 자주 확인하는 것처럼, 나는 그의 특유의 행동이 좋았다.

마음을 가리키며 말하는 그는 가식이 없고 진솔했다. 거기에 분명 무언가 있구나. 그의 한마디 한마디가 늘 나를 새롭게 깨웠고, 무언가 깊은 곳을 요동치게 했다. 그는 마음이라는 단어를 자주 말했다.

이야기하다가도 어떤 대화가 좋을 때, 가만히 눈을 감고 "알라." 하고 독백을 하며 가슴에 손을 얹었다. 마치 이 순간을 각인하려는 듯했다. 나는 그런 그가 점차 가깝게 느껴졌다.

나는 분명 페즈를 여행하러 왔지만, 이 지역은 진

짜 여행의 배경에 불과했다. 여러 날이 지나자 나는 마치 그를 여행하기 위해 온 것 같다는 생각이 들기 시작했다. 우리는 어쩐지 말하지 않아도 모든 게 통하는 것 같았다. 나와 비슷한 사람이 지구상에 있다는 게 가능한 일일까? 그는 이상하게 그랬다. 그와 함께 있으면 믿을 수 없고 신비한 일이 계속 일어났다.

예를 들어 "이 마을이 한눈에 내려다보이는 높은 곳이 있을까?"라고 말하기 전에 그가 "우리 저쪽 언덕에 올라가볼까?"라고 말하는 것이다.

내가 어떤 것을 물어보려고 하면 묻지 않아도 그는 마치 다 들었다는 듯 대답했다. 아니면 침묵 끝에 어떤 이야기를 할 때면 그가 "아 지금 내가 하려던 말이었어!" 혹은 나 역시 "그건 지금 내가 하려던 말인데." 하는 것이다. 그럼 나는 두 눈이 휘둥그레졌고, 그는 다시금 가슴에 손을 얹고 웃어 보였다.

그는 사람을 바라본다기보다는 마치 말의 고향인 내면을 바라보는 것 같았다. 말하지 않아도 대화하고 있는 것 같았다. 그 역시 어느새 나를 관광객이 아닌 가족이나 오랜 친구를 바라보듯 조금 더 그윽한 눈빛으로 보고 있었다.

"어떻게 이럴 수 있지? 나는 너의 목소리가 들려. 믿을 수 없어. 말하지 않아도 다 들릴 것 같아." 우리는 반짝이는 눈빛으로 서로를 바라보며 줄곧 웃었다.

"마음은 세계 공용어야. 마음은 모두에게 통하는 언어이지. 마음 곁에선 어떤 인종도 차별도 가난함도 없어. 마음은 늘 공평해. 너의 눈빛처럼 나는 너를 마음으로 느껴. 우리는 우리가 대화하는 것 이상으로 많은 걸 알고 있어. 진실은 말과 행동에 있는 것이 아니야. 진실은 단지 마음과 생각에만 머무는 거야."

그래. 어쩌면 언어는 필요 없는지도 모른다. 말을 하지 않은 자리에 가득 차오르는 그 무엇이 서로에게 저절로 말을 걸고 있는지도 모른다. 우리는 그것을 믿는다면, 충분히 대화할 수 있다. 적어도 그것의 위력을 믿는다면. 나는 그가 한마디 한마디 할 때마다 나도 모르게 깊어져갔다.

"내가 살던 독일은 너무 차가워. 사람들은 날카로운 얼굴로 거리를 걷지. 마치 자고 일어나 방문을 열고 나가기 전에 단단한 갑옷을 두르는 것처럼 다른 표정을 장착해. 그것이 매 하루 자신들을 보호하는 것처럼, 사람들은 그런 방식으로 웃어. 그러나 웃으면 웃을수록 나는 내 안에서 울고 있는 표정을 자주 느끼게 돼. 마음이 나도 모르게 얼어붙은 것처럼 차갑고, 이제는 그것을 어떻게 녹이는지 방법조차 잊은 것 같아. 나는 그렇게 표정을 잃어가고 있어. 아주 오래전부터 웃었던 기억이 없어. 이대로 얼굴의 지층이 딱딱하게 굳어버린 것 같아. 마치 이 세계의 표본처럼. 그게 어른이 되어가는 걸까. 어떤 희망도 보이지 않고 믿음도 보이지 않아. 단지 메마른 사막을 오래 걷는 기분이 들어. 상상할 수 없어. 나는 어쩌다 이런 사람이 되어버린 걸까. 단지 방법을 찾고 싶었는지도 몰라. 나는 나를 버리고 싶을 만큼 그 무엇이 간절했어."

그렇다. 나는 비 내리는 그날 밤. 처음 만난 그에게

이런 마음을 고백했다. 그는 마치 세포 하나하나를 느끼듯 나의 이야기에 골몰하고 있었다. 아무 말 없이 긴 침묵과 함께 그는 신음했다. "너무 아프다. 네 말이." 다시금 그는 두 손을 심장 쪽으로 향한 채 들어주고 있었다. 제 몸이 아파지는 것처럼, 들어주기보다는 마치 느껴주는 것처럼. 그는 마치 기도를 하듯 손을 모으고 이야기를 듣더니 말했다.

"너는 이곳에서 그것을 찾을 수도 있고, 찾지 못할 수도 있겠지. 그러나 나는 네가 이미 그것을 지녔다고 믿어. 나는 그것이 잘 보여. 잘 봐, 너는 네가 찾으려는 것을 이미 가슴속에 가득 품고 있는걸. 그것은 결코 단단하게 깨부수는 성질의 것이 아니지. 비가 내린 다음 날 서서히 걷히는 날씨처럼, 그것은 아주 자연스럽게 너를 밝고 따뜻한 쪽으로 인도할 거야. 나는 너에게서 그것을 봐. 너는 분명 아주 특별한 색을 띠고 있어. 그게 이유이지. 너는 이곳에 올 수밖에 없었고, 우리는 만날 수밖에 없었어."

그는 연이어 말했다.

"내일은 분명 태양이 뜰 거야."

그는 나의 진실된 고백을 거부하지 않았다. 나는 이상하게 눈물이 났다. 태어나서 처음 들어본 듯한 따뜻한 말이었다. 어쩌면 단지 그 말 한마디를 듣기 위해 살아온 사람처럼, 단지 그것을 확인하기 위해 떠나온 것처럼. 생각해보면 아무도 나에게 이런 믿음을 준 적이 없었는지도 모른다. 나는 무언가 내면의 먹구름이 해체되는 기분이 들었다.

"너는 너를 자연스럽게 해방할 거야. 나를 믿어도 좋아."

그는 내게 늘 연유 없이 믿어도 좋다고 말했다. 길을 걸으면 나를 믿어도 좋아, 라고 말했고, 어떤 이야기를 하고 나면 맑게 웃으며 너를 믿어도 좋아, 라고 했다.

우리는 매일 테러리(가죽 염색 공장)를 지나 높은 성의 외곽을 따라서 오래 걷곤 했다. 언덕 위에는 마을이 한눈에 내려다보이는 보즈노드 요새가 있었는데, 우리는 그곳 가장 높은 곳에 올라 노래를 부르거나, 가만히 앉아 말없이 마음을 나누다 내려오곤 했다.

오르간 나무는 늘 그곳에서 조용히 흔들리고 있었으며 매끈하고 늘 빛나는 백마는 우리의 이야기를 가만히 듣고 있는 듯했다. 바람은 서서히 불어오며 수천 년 지속해온, 저 멀리 내려다보이는 메디아를 가만히 쓸어주고 있었다. 나는 직감적으로 이곳을 쉽게 떠나지 못하리라는 것을 느끼고 있었다. 이곳에 하루하루 머물수록 떠나고 싶지 않다, 라는 마음의 소리가 크게 들려왔다.

우리는 그렇게 바람을 맞으며 나란히 앉아 있었다. 나는 시가지에 고요히 내려앉은 붉은 노을을 두 눈으로 꼭꼭 담았다. 심장에 뜨거운 무엇이 차오르는 것을 느꼈다.

그때, 그가 다소 낮은 목소리로 물어보는 것이었다.

"언제까지 이곳에 머물 거니? 곧 돌아가야 하는 거

지?"

나는 대답할 수가 없었다. 침묵 속에서 너무나 복잡 미묘한 감정들이 충돌했다. 나는 돌아가 해결해야 할 현실이 있고, 그것을 계속 살아야 했다. 그러니까 원함이 아닌 해야 함. 원하는 것과 해야 하는 것 사이에서 나는 갈등을 하고 있었다. 삶은 늘 나에게 하고 싶은 것을 하게 하기보다는 해야 할 것들의 목록을 쉬지 않고 제공했다. 그것이 나를 더 나은 방향으로 데려다줄지는 모르겠다. 우리는 모두 want가 아니라, must를 살고 있다는 것도.

그때, 그가 입을 열며 다시 말했다.

"나는 네 삶이 때로는 네가 원하지 않는 방향으로 너를 자꾸만 데려간다는 걸 알고 있어. 모두가 그 세계의 완성을 위해 몰두하지. 그러나 봐봐. 이곳 사람들을. 우리는 단지 행복이 지시하는 방향을 따르지. 네 마음속에서 어떤 목소리들이 계속해서 싸운다는 것을 알아. 그러나 그 목소리를 지배하는 것은 아무것도 없어. 아무도."

도무지 이해할 수 없는 단어를 한가득 나열한, 영어도 아니고 아랍어도 아닌 그의 발음 속에서 굵고 강한 무언가가 분명 내게 전달되는 것을 느꼈다.

"이상해, 마음이. 네가 무슨 말을 하려 하는지 너무 정확하게 들려."

그는 대답했다.

"그건 나의 목소리가 아니라, 어쩌면 네가 너에게 들려주는 너의 목소리일지도. 잘 들어봐, 너의 마음을. 우리는 그것을 살아가야 하지."

나에게는 그가, 그에게는 나의 영혼이, 분명 같은 빛이 서로의 온몸을 뒤덮고 있는 느낌을. 우리 안에 가득 찬 그것이 마치 하나의 이름을 지닌 몸 같다는 것을. 그때 나는 그의 손을 꼭 잡았다.

"당장 떠나진 않을게. 지금 내가 원하는 마음은 그거야."

그는 다시금 가슴을 쓸어내리며 환하게 미소를 보였
다.

*

'언제부터, 어느 순간부터 우리는 우리를 사랑했을
까. 사랑은 무얼까. 어디서부터 어디까지를 사랑이라 부
를까. 그러니까 나의 어디서부터 너의 어디까지 사랑이
라 부를까.' 나는 알지 못한다. 그러나 언제부터인가 나
도 모르게 마음이 그에게로 가까이 향하고 있음을 느꼈
다.

그때, 그는 가만히 먼 곳을 바라보고 있는 내 어깨에
손을 올리며 말했다.

"어쩌면 우리는 우리가 몰랐던 모든 시간으로부터
흘러든 것도 같아. 말할 수도, 설명할 수도 없지만, 나는
너의 모든 삶을 듣고 있어. 우리가 만난 시간은 중요하
지 않겠지. 그런 건 말하지 않아도 잘 들리고, 잘 보여."

그가 말하는 방식은 늘 다른 사람들과 달랐다. 깊은 심연에서부터 이해하는 마음. 말하지 않아도 들어주는 마음.

어느새 다시금 깊은 밤이 찾아오고, 우리는 서둘러 언덕을 내려가야 했다. 거리는 암흑 속에 완전히 잠겨 있었다.

"이 골목길로 걸으면 그날처럼 미로를 헤맬 수도 있어. 아무래도 성 외곽의 지름길로 가야겠다."

저 멀리 덤불숲이 펼쳐져 있고, 그는 그 사이를 헤쳐 가자고 했다. 나는 처음 막 도착했던 날 밤의 공포에 다시금 휩싸였다.

'아, 너무 위험해 보이는데, 따라가도 될까.'

그는 믿어도 좋다는 눈빛을 보였고, 나는 다시 한 번 나를 운명에 맡기는 기분으로 뒤따랐다.

"근데, 아… 여기는 더 위험해 보이는데…. 아무것도 보이지 않아."

"안심해. 믿어도 좋아. 모든 게 보이는 어둠이기도 하지. 이 손 꼭 잡아."

그는 편안한 목소리로 말했다. 나는 그의 손을 꼭 잡고 걸었다. 우리는 성 외곽의 숲길을 따라 내려가 빠른 속도로 숙소에 도착할 수 있었다.

그리고 그는 대문 앞에서 돌아가기를 망설이는 듯 발을 주춤하더니 기어코 말을 했다.

"내일 체크아웃하고 우리 집으로 가자. 언제까지 여기 있을지 모르니. 내일 데리러 올게."

나는 다시금 이상한 눈으로 그를 바라봤다.

"아니 믿어도 좋다니까. 또 그런 눈빛이네! 집에는 가족들이 많아 아마 너를 정말 반겨줄 거야."

그렇게 말했음에도 내가 여전히 긴장과 의심을 놓지 않자 그는 "잠시만!" 하고 말하더니 숙소의 카운터로 달려가서 전화를 걸었다. 엄마를 부르는 소리 같았다. "잘 들어봐!" 하더니 그는 아랍어로 뭐라 뭐라 말을 했다. 수화기 너머로 호탕하게 말하는 여인의 소리가 들렸고, 그는 그 소리를 들려주며 한 번 더 웃었다.

"알았어 알았어! 엄마." "오케이. 들었지? 너무 반기시는데!"
"일단 내일 아침에 체크아웃 할게. 데리러 와."

마지못한 표정으로 대답하며 생각했다. 나는 내 운명이 어디로 향하고 있든지 이제 그것에 나를 맡겨보기로 한 것이다.

페즈의 골목골목을 누비고 난 후 오후가 되어서야 그의 집으로 향했다. 우리는 택시를 타고 달리며 창문 너머로 도시를 붉게 물들이는 아름다운 석양을 감상하고 있었다. 하산 거리에는 야자수들이 도로에 일렬로 놓여 있었고, 도로는 드디어 넓게 뚫려 있었다. 그의 집은 신시가지에 있었다.

'이제 더 이상 9,000개의 미로를 헤매지 않아도 된다

니!'

붉은 태양이 제법 강렬했다. 나는 손으로 얼굴을 간간이 가리며 빛이 반사된 건물들이 즐비한 인도를 걸었다. 거리는 구시가지의 낡은 풍경과 대조되어 마치 새로운 나라를 여행하는 듯했다. 곧이어 대로변 모퉁이의 빌라 2층으로 올라갔다. 그리고 급하게 문을 두드렸다. 안에서 여인의 밝은 목소리가 울려 퍼졌다. 아마도 '잠깐만' 같은 말인 듯했다. 문이 열리고 그녀가 활짝 웃으며 나를 반겼다.

"오! 이런. 작고 예쁜 친구를 데려왔구나! 어서 들어오렴."

그녀의 손짓에서 나는 그의 엄마가 나를 무척 반긴다는 것을 느끼고 있었다. 그녀의 뒤에서 반짝이는 눈빛의 아이 서너 명이 쑥스러운 표정으로 쳐다보고 있었다. 나는 조심히 실내로 들어갔다. 천장의 모스크, 바닥에는 화려한 페르시아 문양의 카펫이 깔려 있었고, 한 세기는 거뜬히 버텼을 법한 소파에는 그의 아빠가 앉아 있다 천천히 일어서며 다정한 눈빛을 취했다. 그리곤 여기 와

앉으라는 손짓을 했다. 주방에서는 동그랗고 토끼 같은 눈의 여인이 앞치마에 손을 닦으며 달려 나왔다. 그녀는 그의 형의 부인인데, 그녀의 동작은 유독 경쾌하고 커서 걸어오는 모습이 마치 춤을 추는 듯 보였다.

그는 대가족과 함께 살고 있었다. 그는 내게 가족을 소개했다.

"우리 아빠, 그리고 여긴 우리 엄마 김자, 그리고 여긴 나의 두 번째 엄마, 여긴 내 동생, 그리고 내 형의 부인 아미에. 그리고 여긴 그의 아이들⋯." 소개는 길게 이어졌다.

나는 이 생경한 사람들 속에서 뭔가 포근한 소속감을 느꼈다.

이들은 낯선 나를 왜 이토록 반기는 걸까. 왜 모르는 사람을 가족처럼 여기는 걸까. 왜 나한테 이런 대우를 해주는 걸까. 나는 이 호의가 정말 고마우면서도 내가 살아왔던 차가운 생활 방식대로 약간의 의심과 의문을 함께 가졌다. 그들은 그런 나의 의심을 계속 지워나가게 했다. 대화가 통하지 않고, 서로 하는 말을 몰라도 상관 없었다. 우리는 둥글게 앉아 저마다의 언어로 하고 싶은 말을 했다. 너무 신기한 것은 전혀 다른 언어권임에도 그들의 말을, 그들이 하고 싶어하는 말을 온전히 알아들을 수 있었다는 것이다.

우리의 대화에는 어쩌면 많은 의견이 필요 없는지도 모른다. 많은 언어를 앞세울 필요가 없을지도 모른다. 단지 마음을 열고 상대를 주시한다면, 말하지 않아도 느낌은 분명히 전달되는 것이다. 나는 가만히 그들의 이야기를 들으며 생각했다. 내 생애에 이렇게 축복을 받은 적이 있었을까. 아니 없다. 나는 어디서도 이런 호의를 받아본 기억이 없고, 그런 마음을 배워본 적이 없다.

눈을 마주치기만 해도 볼을 비비며 안아주고 인사하는 그들을 보며, 나도 누군가를 집에 데려왔을 때 내 가족들이 이토록 반겨줄 수 있을까 반대로 떠올려봤다. 그러나 확신할 수 없었다. 그가 만약 우리 집에 온다면, 표정 없는 얼굴들, 온갖 선입견과 낯선 시선에 시달릴 것이 분명했다.

김자 엄마는 내 손을 꼭 잡고 손등을 쓰다듬어주며 잘 왔다고, 잘 왔다고, 귓속말로 이야기했다. 그 장면을 지켜보던 그는 흡족한 미소로 이 순간을 즐겨도 좋다며 윙크를 했다. 나는 머쓱하게 웃으며 그의 얼굴을 자주 쳐다봤다.

"우리 엄마가 너를 무척 반겨. 여기서 오래 지내도 되고 마음대로 생활해도 좋다고 하셨어."
"이리로 와봐, 여긴 빈방이야. 좁긴 하지만, 어제 깨끗하게 치워놓았지. 너는 여기서 생활하면 되고."

나는 어느덧 그의 방을 내 방처럼 짐을 여기저기 풀어놓고 편하게 사용하기 시작했다.

*

방의 왼쪽 벽면에는 누군가의 포스터가 붙어 있었는데, 나는 사진 속 여인을 자주 바라보곤 했다. 묘한 눈빛의 여인이었는데 자꾸만 나를 바라보고 있는 것 같았다.
그는 어느 날 대화를 하다가도 벽면을 힐끔힐끔 쳐다보
던 나를 지켜보다가 침대 아래 무릎을 꿇고 앉아 내 눈
높이를 맞추며 말했다.

"너도 알아보는구나. Umm Kulthum. 전설의 여인,
이집트 여가수. 우리는 모두 그녀를 너무 사랑해. 나는
그녀의 노래를 듣고 자랐지. 한 나라의 국가처럼, 그녀
의 노래를 모르는 사람이 없었어."

"그녀의 음색은 입에서 시작된다기보다는 알 수 없
는 영혼 깊숙한 곳에서부터 흘러나와 듣는 사람들의 마
음 깊이 소리를 전달했는데, 그녀는 마치 인간이 아니
라, 하나의 신성한 영혼 같았어. 그녀에겐 분명 신성한
그 무엇이 있었어. 설명할 수 없지만, 모두가 그녀의 음
악을 들으면 그것을 느끼곤 했지. 모든 이들의 마음을
보듬어주는 것 같았어. 이곳 사람 모두는 그녀를 무척
사랑했지. 그녀가 죽었을 때, 이곳 사람들은 대통령의
죽음보다도 더 슬퍼했어. 거리엔 수만 명의 사람이 쏟아
져 나왔지. 모두가 머리를 땅에 대고 깊은 애도를 했어.

그러자 신기하게도 믿을 수 없는 일이 일어났어. 그날 밤, 우리는 분명 땅의 울음소리를 들었지. 그녀의 노래처럼 말이야."

그는 점잖게 말을 하다가 그녀의 노래를 들려줬다. 노래라고 하기엔 곡조에 가까운, 울음이라고 하기에는 한에 가까운, 한이라고 하기에는 너무나 영혼에 가까운.

그는 그녀의 노래를 따라 부르기 시작했다. 너무나도 구슬프고 아름답게.

사랑하는 자들은 각자의 길을 걸어가겠죠
세상은 우리가 알고 있는 것처럼
잠자던 사람들은 깨어나 약속을 기억하겠죠
잊어버리는 것을 배워요, 지우는 것을 배워요

운명인 나의 모든 사랑, 불행은 우리가 만든 것이 아니죠
언젠가 우리의 운명이 충분히 강해졌을 때 우리는 만나게 되겠죠

자신의 길을 따라간다면, 오,

만약 우리가 낯선 사람으로 만나게 된다면

그것을 의지라 말하지 말아요. 운명이라고 말해요

그의 이야기는 늘 신비로웠고. 동화처럼 순수했는데, 그가 그녀의 노래를 듣고 전율하듯, 나는 그에게서도 비슷한 무언가를 느꼈다.

나는 오랫동안 누군가와 언어의 뿌리를 탐미하는 대화를 추구했는지도 모른다. 웃음과 농담으로 점철된, 그러니까 마음의 본질보다는 말의 테두리를 배회하는 사람들의 대화 속에서 깊은 환멸과 갈증을 느끼곤 했다. 분명 인간의 만남에서 내면의 깊이를 파헤친다는 것은 누구에게나 두려운 일이고, 그것을 들킬세라 모두 더 크게 웃으며 심중에 있는 것들을 가리기 바빠 보였다. 내가 살아온 세계에서 마음이란 금기와 같았고, 나는 그것이 당연한 세계인 줄 알고 살아온 것이다.

그러나 그는 분명 여느 사람들과 달랐다. 출렁이는 수면, 그러니까 유동적인 물결과 파장을 말하는 것이 아니라, 마치 수중 아래로 향해 흔들리지 않는 그 무엇을 말했다. 거기 보이지 않는 신성한 부력의 영혼. 나는 그와 교감을 할 때면 분명 그것을 느꼈는데, 마음 깊은 한 지점에서 무언가 고요하고 깊게 스미는 것 같았다.

이곳 사람들은 흔들림 없는 깊은 심중에서 자유롭게 헤엄치는 고래들을 닮아 있었다. 본질을 흐리지 않고 서로를 탐미했으며, 그 곁에서 삶의 위트를 발견해내곤 했다. 나는 그들 속에서 가뭄이었던 마음이 오아시스를 만난 것처럼 생기를 되찾았다. 형언할 수 없지만, 자연스럽게 심장이 윤활하기 시작했고, 멈춰 있던 심신은 다시금 움직임을 되찾는 듯했다. 나는 이제서야 누군가와 상호 소통하는 기분이 들었고 살아 있는 느낌이 들었다.

카릭은 점점 더 크게 노래를 부르기 시작했다, 긴 몸이 조금씩 자유로운 영혼의 율동으로 흐느적거렸다. 나는 나도 모르게 그를 따라 몸을 맡기고 그 음악에 맞춰 몸을 움직이며 춤을 추기 시작했다. 마술처럼.

(분명 그건 생명이 없는 석상을 살려내는 것만큼이나 마술과 같은 일이었다!)

나는 그렇게 카릭의 손을 잡고 방에서 거실로 나갔다. 거실 소파에 앉아 뜨개질하고 있던 김자 엄마도 일어섰다. 또 그것을 주방에서 지켜보던 아미에도, 우리는 마치 하나의 음, 혹은 태초의 영혼이 되어 몸을 흔들었다. 아무도 이상하게 바라보지 않았고, 아무도 이상하게 생각하지 않았다. 점점 더 크게 노래를 부르고 점점 더 음악에 몸을 내맡겼다. 서로의 어깨를 부딪치면 웃음이 절로 나왔고, 우리는 울다가 웃다가 몸짓이 점점 더 커지기에 이르렀다.

(이쪽 아랍 음악에는 이상하게도 신성한 울림이 있었다. 나는 귀국해서도 한동안 카릭이 이별의 선물로 준 CD를 들으며 그 나라의 음악에 심취해 있었다.)

*

창문의 안쪽으로도 어느새 어둠이 내려앉기 시작했다. 한참을 웃고 난 김자 엄마는 눈가를 닦다가 여전히 웃으며 말했다. "저녁을 먹어야 할 시간이란다." 그러나 집의 어느 곳을 둘러봐도 시계 하나 보이지 않았다.

나는 옆에 서 있던 카릭에게 물었다. "그러게, 여기에는 시계가 없는데 어떻게 시간을 알지?"

카릭은 "우리 집 사람들은 시계를 본 적 없어. 때 되면 마음에서, 그리고 몸에서 정확한 시간을 알려줘. 아마 우리 엄마의 시간이 시계보다도 더 정확할걸." 말하며 웃어 보였다. 늘 시계를 차고 다니고 약속을 맞춰 달리던 나는 시계 없이 사는 삶을 떠올릴 수가 없었다.

"우리는 시계가 필요 없어. 이곳 사람들은, 아니 적어도 우리 가족은 타인의 시간에 맞춰 살지 않아. 모든 게 자연스럽게, 배가 고프면 정확히 밥을 짓고 식사를 하지. 잠이 오면 자고, 보고 싶으면 보러 가고. 근데 굉장히 그 시간이 정확하게 이루어진다는 거야. 오래전부터 우리는 그런 생활 방식으로 살았지."

그러고 보니 내가 그를 만날 때면 늘 어디에서 만나자 약속하곤 했는데, 그는 적당한 때 쯤에 등장하거나 어김없이 내가 머물던 숙소에 와서 기다리곤 했다. 이 사실을 말하니 그는 대답했다.

"다만 너를 만나기로 했고, 나는 너를 만나러 갔을 뿐이지."

"그럼 어떻게 시간을 맞춰 올 수 있지?"

"나는 그때쯤 네가 일어났겠지. 하고 떠올렸을 뿐인 걸. 어디서 만나자 하면 시간 약속을 하지 않아도 때 되면 모두 거기서 만나지. 조금 늦거나 조금 이를 수도 있지만, 아무도 기다리다가 불평하지 않아. 노래를 부르거나, 옆 사람과 이야기를 하거나, 춤을 추고 있으면, 오늘 안에 만날 사람은 꼭 만나게 되지."

*

창문의 안쪽으로도 어느새 어둠이 내려앉기 시작했다. 한참을 웃고 난 김자 엄마는 눈가를 닦다가 여전히 웃으며 말했다. "저녁을 먹어야 할 시간이란다." 그러나 집의 어느 곳을 둘러봐도 시계 하나 보이지 않았다.

나는 옆에 서 있던 카릭에게 물었다. "그러게, 여기에는 시계가 없는데 어떻게 시간을 알지?"

카릭은 "우리 집 사람들은 시계를 본 적 없어. 때 되

면 마음에서, 그리고 몸에서 정확한 시간을 알려줘. 아
마 우리 엄마의 시간이 시계보다도 더 정확할걸." 말하
며 웃어 보였다.

늘 시계를 하고 다니고 약속을 맞춰 달리던 나는 시
계 없이 사는 삶을 떠올릴 수가 없었다.

"우리는 시계가 필요 없어. 이곳 사람들은. 아니 우
리 가족은 적어도 타인의 시간에 맞춰 살지 않아. 모든
게 자연스럽게, 배가 고프면 정확히 밥을 짓고 식사를
하지. 잠이 오면 자고, 보고 싶으면 보러 가고, 근데 굉장
히 그 시간이 정확하게 이루어진다는 거야. 오래전부터
우리는 그런 생활 방식으로 살았지."

그러고 보니 내가 그를 만날 때면 늘 어디에서 만나
자 약속하곤 했는데, 그는 적당한 때 즈음에 등장하거나
빠짐없이 내가 머물던 숙소에 와서 기다리곤 했다. 이
사실을 말하니 그는 대답했다.

"다만 너를 만나기로 했고, 나는 너를 만나러 갔을
뿐이지."

"그럼 어떻게 시간을 맞춰 올 수 있지?"

"나는 그때쯤 네가 일어났겠지. 하고 떠올렸을 뿐인 걸. 어디서 만나자 할 때면 시간 약속을 하지 않아도 때 되면 모두 거기서 만나지. 조금 늦거나, 조금 이를 수도 있지만, 아무도 기다리다가 불평하지 않아. 노래를 부르 거나, 옆 사람과 이야기를 하거나, 춤을 추고 있으면, 오 늘 안에 만날 사람은 꼭 만나게 되지."

*

우리가 대화를 나누는 동안, 알 수 없는 맛있는 냄새 가 집 안에 가득 퍼졌다.

아미에는 주방에서 음식을 내왔다. 발효된 빵에 옥 수숫가루를 뿌려 구워낸 담백한 홉스 빵은 모로코 가정 식 식사에서 빠질 수 없는 주식인데, 우리는 동그란 식 탁에 앉아 빵 안의 속을 파내고 취향에 따라 샐러드와 고기 등을 넣어 먹었다. 갓 따 온 신선한 열매에서 추출 한 올리브 오일에 찍어 먹는 빵 맛이 정말 일품이었다.

나는 식사 전후로 기도하는 그들을 힐끗힐끗 관찰하 다가 나도 언제부터인가 진심을 다해 기도하기 시작했다. 그것이 어떤 의미인지, 어떤 방법인지 몰라도 안다. 지금의 식사를 맛있게 먹을 수 있음에 신에게 감사하다고 표현한다는 것을. 그는 무엇을 하든 늘 감사하다고 했다. 예상치 못한 상황을 만나거나 골목을 걷다가 잠시 방향을 잃을 때도, 그는 늘 웃으며 감사하다고 말했다.

"뭐가 그렇게 감사할 것이 많은 거지?" 나는 장난을 치며 웃었다. "그러게, 의미를 담아본 적은 없어. 나는 그것을 단지 이름처럼 자주 부르는 것 같아."

우리는 식사 후 동네 한 바퀴를 돌거나, 옥상에 올라가 그의 어린 조카들과 공놀이를 했다. 그러다 노트를 가지고 온 아이들에게 한국어로 이름을 알려주거나 또는 아랍어로 그들의 이름을 배웠다. 서로의 이름이 마치 특별한 그림 같아서 각자의 노트에 반복적으로 계속 쓰면서 그림을 외웠다. 그럴 때면 아이들은 나를 향해 웃으며 "슈크란."이라고 말했다. "슈크란."

언제부터일까 나도 어느덧 가슴에 손을 얹고 슈크란(감사합니다), 혹은 인샬라(신의 뜻대로)라고 습관처럼 말하고 있었다.

옥상에서 저 멀리 메디아 위로 떠오르는 샛별을 바라보면서 그는 여전히 가슴에 손을 올려놓고 있었다. 나는 그런 그에게 기대어 서서 반짝이는 별들을 오래 감상하고 있었다.

"카릭, 너는 행복하니?"

"행복… 음… 그게 뭘까?"

"삶은 행복과 불행을 구분할 수 없겠지. 그것은 분명한 몸을 지닌 거야. 우리가 어떻게 살게 될지는 우리에게 달렸어. 신은 늘 우리가 스스로 답을 찾아가길 기대해. 아무도 정답이나 오답을 판단할 수 없어."

그는 나의 질문에 늘 진지하게 대답하곤 했다. 그는 행복에 어떤 의미를 두기보다는 매 순간순간 최선을 다하는 듯 보였다. 그런 방식으로 그는 언제나 내 눈앞에서, 행복에 대해 논하는 것이 아니라, 행복한 삶을 보여줌으로써 행복을 알게 해주고 있었다.

그와의 대화는 마치 내 마음속 미궁에서 길 잃은 나에게 손을 내밀어 방향을 인도하는 기분이 들었다. 나는 이 여행을 쉽게 잊을 수 없다는 확신이 들기 시작했다. 행복하다. 행복하다는 마음이 들기 시작해, 나도. 혼자 생각하며 오랫동안 이곳의 미풍과 하늘을 가슴 깊이 담고 있었다.

얼마나 날짜가 흘렀을까. 가족들이 다시금 한자리에 모여 회의를 하는 것 같았다. 매일 한자리에 둥글게 모여 앉아 대화를 나누긴 했지만, 이날은 유독 더 많이 웃는 듯하고 다소 들떠 보였다.

느낌상 무언가 계획을 하는 듯했다. 나는 내 옆의 그에게 해석을 부탁했다.

"우리가 아무래도 내일 여행을 갈 것 같아."
"Was? suddenly? 모두? Tomorrow? Echt?"

나는 간혹 이렇게 당황하면 한국어와 영어와 독일어를 뒤섞어 말하기도 했는데 그는 한 번도 고개를 갸웃하지 않고 다 알아듣는 듯했다.

"응. 모두. 내일 아침에 출발하려는 모양인데!"

"왜 갑자기?"

"네가 와서. 네가 와서 우리 가족들이 여행하고 싶대. 우리도 몇 년 만에 처음 가는 거야. 모두 너무 즐거워하고 있어."

어디로 가는지 그는 지명을 알려줬지만, 너무 낯선 지명이라 아무것도 떠올릴 수는 없었다.

"이곳에서 3시간 정도 지방으로 가면 거기에 친척들이 살아. 네가 괜찮다면, 그곳에 잠시 머무는 게 어때? 거기에서 지는 노을과 비치는 달빛은 세상에서 가장 아름다운걸, 끝없이 펼쳐지는 녹색 사막을 볼 수 있을 거야. 분명 너는 그곳을 좋아하게 될 거야."

나는 그의 이야기를 들으면서도 머릿속으로 풍경이 잘 그려지지 않았지만, 분명 무언가 즐거운 여행일 것이 분명했다. 모두 분주하게 움직였다. 일사천리로 짐을 꾸리고, 음식을 챙기고, 여기저기 전화를 했다. 이 모습은 마치 우리네 가족이 명절을 보내러 떠나는 모습과도 다름이 없었다.

"짐을 다 가져갈 필요는 없을 것 같고 꼭 필요한 것
만 챙겨. 그러니까 너 말이야!"

그는 진지하면서도 간간이 농담을 섞어 장난을 치곤
했다. 그럴 때면 나는 팔뚝을 때리며 또 그런다며 웃었
다.

'그런데 실은, 나 그냥 여기서 이렇게 살고 싶다. 너
랑 이 가족들과 함께. 그럼 평생 행복할 것 같아….' 내
속내를 듣지는 못했겠지만, 그가 내 말을 이미 짐작했을
것이라 생각했다.

우리는 이른 아침 출발하기 전 분주했다. 김자 엄마
는 내 긴 머리를 곱게 땋아주고 나서 자신이 아끼는 꽃
무늬 스카프를 머리에 예쁘게 감싸줬고, 나는 발목과 손
목까지 감싸는 긴 검은 옷을 입었다. 그는 전통 복장인
흰색 깐두라, 목까지 올라오는 긴 셔츠와 통이 넓은 바
지를 입었고, 머리에는 파란 히잡을 둘렀다. 내 앞에는
눈부신 한 사람이 서 있었다. 나는 환하게 빛나는 그가
마치 어느 왕국의 왕자처럼 보이기에 이르렀다.

"카릭, 오늘 너무 멋있다." 그는 엄지를 척 들어 보였다. 우리의 준비는 끝나 보였다.

우리는 집 밖에서 대기하고 있던 택시 2대에 나뉘어 탔다. 김자 엄마와 아미에는 뒷좌석에, 나랑 카릭은 운전석 옆자리에 앉아 달리는 차 안에서 음악을 듣거나, 서로의 어깨에 기대어 풍경을 바라보고 있었다. 친근하고 편안한 마음. 가까운 마음. 이성에 대한 감정이라기보다는 마치 오래 함께 산 나의 오빠 같거나 가끔 장난을 칠 때면 남동생 같기도 한.

이런 마음을 사랑이라고 할 수도 있을까. 달리는 차 안에서 즐거운 풍경이 눈 앞에 펼쳐질 때마다 그는 나의 손을 꼭 잡으며 마치 저기를 봐봐! 하는 듯한 눈빛을 취했다. 같은 풍경 속에서 교감하는 방식은 연인과도 같았다. 전혀 다른 생활과 문화권에서도, 사랑의 마음을 표현하는 행위와 몸짓은 모두에게 공용어일까. 서로를 좋아하는 마음은 전혀 어색하지 않았고, 너무 일상적으로 느껴졌다. 차를 타다 옆사람이 졸 때면 머리를 들어 자기 어깨에 기대게 한다거나, 차가 급정거를 할 때면 팔을 뻗어 다치지 않게 보호하는, 그런 흔한 행동들 말이다. 그러다가 음악이 흥겨우면 우리는 또 아무렇지 않게 어깨를 흔들기도 했고, 콧노래를 흥얼거리기도 했다. 그러다 눈이 마주치면 서로 웃어 보였고, 어떤 대화의 여운의 끝에서 서로를 안아주기도 했다. 아무도 알려주지 않았지만, 우리는 그렇게 같은 방식으로 교감했다.

베이지색과 살구색에 가까운 이 신비로운 천 년의 도시는 저 멀리 밝은 한 점으로 서서히 작아지고, 우리는 점차 드넓은 황야와 초지 사이를 내달렸다.

*

페즈를 벗어나 3시간쯤 달리니 어느새 완만한 습곡이 드넓게 펼쳐졌다.

"와…!"

말을 잊지 못하고 손가락을 뻗어 푸르고 끝없는 능선을 가리켰을 때, 카릭은 다시 한 번 내 손을 꼭 잡았다.

언덕에는 올리브 나무며 아르간 나무가 빼곡히 심어져 있었고, 구릉 너머에는 당나귀나 말들이 풀을 뜯고

노닐고 있었다.

달리고 있는 자동차 옆으로 가방을 멘 아이들이 웃으며 손을 흔들다가 시야 밖으로 서서히 사라져갔다. 슬로 모션으로 지나가는 모든 장면이 마치 꿈결 같았다. 나는 어딘지 모르게 세상에 없는 동화 속으로 가고 있는 기분이 들었다. 그렇게 여러 시간 굽이굽이 푸른 동산 사이의 좁은 길들을 달렸다. 해외여행 중에도 전혀 본 적 없는 신비로운 풍경이었다.

초원의 사잇길로 들어가고 나서야 택시는 멈췄다. 전체가 올리브 나무라고 해도 무방할 언덕이었다. 택시 기사가 경사 길에서부터는 걸어 들어간다고 했다. 우리는 짐을 들고 차에서 내렸다. 긴 운행에 엉덩이와 허리가 아픈 터였다. 보자기에 싼 김자 엄마의 짐과 내 가방을 양어깨에 단단히 메고 있는 그는 여전히 힘든 기색 없이 가뿐해 보였다. 그렇게 앞서 걷는 그를 따라 우리는 나란히 한 줄로 깊은 마을의 속으로 걸어갔다.

* 이 형언할 수 없이 아름답던 마을의 지명을 모른다. 아무리 떠올려보려 해도 알 수 없었다. 지도를 검색해 봐도 푸른 동산은 없고, 황량한 벌판과 사막으로 이어지는 산맥뿐. 그곳은 미지의 장소임이 분명하다. 그날 가는 길에 아틀라스 협곡 근처로 보이는 호수를 잠시 둘러봤던 기억을 되짚어보면, 케니프라 인근, 토착민들이 사는 마을이지 않을까 추측해본다.

동산을 가로질러 올라가 바라본 풍경에 감탄사가 나왔다. 멀리 놓인 원경이 시야에 둥글게 펼쳐지기 시작했다. "와... 보인다. 녹색 사막. 끝없이 펼쳐진 녹색 사막!"

경계를 가늠할 수도 없이 펼쳐진 온통 녹색 물결이 출렁이는 장면이었다.

높은 곳마다 바람이 깃들었다. 초원의 풀들이 누웠다 일어서며 거친 바람 소리를 내었다. 머리칼이 심하게 나부끼자, 김자 엄마는 얼굴의 스카프를 앞으로 다시 한 번 묶었다. 우리는 저편으로 끝없이 펼쳐지는 푸른 마을을 감상했다.

"믿을 수 없어, 살면서 이런 풍경은 본 적 없어."

"봐봐 내가 녹색 사막이라 했지?" 카릭은 만족스러운 눈빛으로 대답했다.

올리브 나무가 가득한 초원. 사막과 달리 이곳은 굉장히 땅이 기름지고 풍요로웠다. 나는 가던 길을 멈추고 저 아래까지 멀리 바라보았다. 마치 동화에 나오는 장면 같은, 그와 함께 웃으며 와르르 뒹굴고 싶은.

*

　시골집은 언덕의 골 새에 숨어 있었는데, 직접 흙으로 지은 집인 듯 반듯하다기보다는 울퉁불퉁한 움집 같았고, 경관을 해치지 않는 하나의 자연 같았다. 대문이 없는 집은 흙 내음이 진동했고, 나는 오래전 혹은 전생의 어린 내가 살았던 마을인 것처럼 불현듯 그 냄새 앞에서 아늑한 고향을 느꼈다. 앞마당의 한 가운데는 4마리의 소와 여러 마리의 닭이 자리를 차지하고 있었다. 흥미로운 광경을 건너 우리는 드디어 집의 안쪽에 짐을 풀었다.

　그곳에서는 더 많은 사람이 우리를 반겨주었다. 친척들은 서로 양손으로 얼굴을 만져보다가, 볼을 비비다가 등을 쓸어내려주며 인사를 하고 있었다. 그는 그들에게 나를 순차적으로 소개해줬는데 친척들은 어떤 경계도 의심도 없는 눈빛으로 그에게 했던 것처럼 나를 안아주었다. "여기는 우리 아빠의 아빠, 형제들. 나에게는 삼촌, 그리고 그의 자녀들..." 소개는 이곳에서 더 길게 이어져갔다. 웃으며 안부를 나누는 와중에 시선 밖에는 파란색 망토를 걸친 채 지팡이를 짚고 앉아 있는 사람이 있었다. 나의 시선이 거기에 닿자 카릭은 그에게 달려갔다.

"오, 나의 사랑하는 할아버지." 거동이 불편한 듯 보이는 노인은 손가락을 펴 이쪽으로 손짓했다. 그는 할아버지의 품에 아이처럼 꼭 안겼다. 카릭은 커다란 몸짓과 함께 그의 귀에 몇 마디를 크게 외쳤고, 노인은 고개를 끄덕끄덕했다. 카릭은 곧이어 내게도 소개를 해줬다. "우리 증조할아버지야. 예전에도 엄청나게 멋있었고, 지금도 엄청나게 정정하시지. 그는 올해로 147세란다." 나는 말을 잇지 못했다.

망토 속에 숨겨진 노인의 육중한 몸의 아우라가 마치 동화 속에 나오는 점성술사 같았다. 그러나 반대로 천진하면서도 들뜬 눈빛으로 바라보는 노인의 눈은 마치 어린아이의 그것과 같았다. 나는 그의 증조할아버지와 그를 번갈아가며 바라보았다. 그들의 눈은 더없이 투명했고, 눈빛에서부터 전해지는 생기는 너무나도 강렬했다. 깊고 그윽하면서도 영원할 것 같은 눈빛들. 그런 눈빛을 지니기까지 그들의 삶이야말로 내가 도달하고 싶은 미지이고, 불가능한 신비한 영역이었다. 나에게 여행이란 그런 것에 가까운 것이었다.

*

그날도 어김없이 카릭과 함께 동산의 황금빛으로 물든 꽃들의 서식지를 지나 저녁 식사를 위한 물을 길어 오기 위해 허름한 폐가의 작은 우물가를 향해 걸었다. 길목에는 우리의 키만 한 알로에가 언덕길 따라 줄지어 있었고, 초원에는 올리브 향이 그윽했다. (그곳은 두 마리의 당나귀가 풀을 뜯는 초원이었는데 그곳의 당나귀들은 동물이라기보다는 마치 사람 같았다. 어느 날 내가 내 앞의 당나귀를 다정하게 쓰다듬어주자 뒤에 서 있던 당나귀가 곁눈질로 시샘하는 것을 분명 보았고, 카릭은 웃으며 사진을 찍어줬다. 그가 찍은 사진 속, 뒤에 있던 당나귀는 여전히 사람의 눈을 한 채 뒤에서 질투하고 있었다.)

그 근처에서 양을 몰던 양치기 소녀인 로라와 영민

한 라쟈도 우리가 가는 길에 어느새 쪼르르 따라왔다. 로라는 말이 없고 자주 수줍어했지만, 늘 내 손을 꼭 잡고 한쪽 손에는 양을 몰았던 막대를 들고 연주를 하듯 휘저었다. 라쟈는 늘 두 눈을 똑바로 뜨고 나를 호기심 가득한 얼굴로 쳐다보며 걸었다.

"우리 이렇게 다니니까 진짜 가족 같다 그치?"

나는 카릭을 향해 영어로 나지막하게 속삭였다. 카릭은 많은 생각을 하는 것처럼 아무 말도 하지 않다가 머뭇거리더니 귓속말로 내게

"나 너 좋아."

라고 영어로 속삭였다. 그때 장난기 가득한 얼굴로 곁눈질하던 라쟈가 나를 향해 외쳤다.

"djlgncnownlgncowmclkdjwonc"

그 순간 다시 한 번 나는 전율했는데 라쟈가 무엇을

말하는지 정확히 들었기 때문이다. 나는 두 눈을 동그랗게 뜨고 카릭을 향해 놀라는 표정을 지었다. 카릭도 이해할 수 없다는 표정으로 나를 쳐다봤다. 그리고 손뼉을 치며 박장대소하기 시작했다.

"아, 어떻게 이럴 수 있지? 라쟈는 방금 우리의 대화를 다 들은 것처럼 '나도 좋아, 우리 여기서 같이 살자!'라고 말했어. 우리의 말을 분명 못 알아들었을 텐데 말이야."

그렇게 우리는 눈과 눈빛으로, 마음과 마음으로 누구보다도 가장 가깝게 연결되어 있는 듯했다.

이곳에서 원래 살고 있던 사람처럼 어느덧 나는 이곳 일상이 더는 낯설지 않게 되었다. 당나귀를 타고 가며 소여물을 구해 오는 사촌들을 따라다니거나, 마당의 소 젖을 짜 우유와 빵을 만들거나, 초저녁이면 로라의 양들을 같이 몰아넣거나, 식사를 위한 물을 언덕 너머에서 길어 오거나, 양들이 쉬고 있는 언덕에 올라가 지는 해를 가만히 바라보거나, 그러다 땅거미가 하늘과 땅의 경계를 지우고 나서야 마치 우주의 주인인 것처럼, 블랭킷을 덮고 초원에 누워 가만히 노래를 부른다거나, 하는 일상 말이다.

돌아오는 길에는 어김없이 저 멀리 녹색 사막 너머로 저무는 붉은 석양이 대지를 고운 손길로 물들이고 있었다. 우리의 눈동자도 그 순간은 잠시 붉게 빛났고, 우리의 표정은 조금 경건해졌다. 손을 흔들듯 나부끼는 갈대들, 지상의 마지막 시간을 데리고 떠나는 석양빛, 그런 풍경을 어떤 마음의 장애 없이 한눈에 바라보는 날에는, 태초의 마음처럼 나는 이상하게 눈물이 났고, 카릭의 어깨에 기대어 이유도 없이 울곤 했다. 바람은 늘 내 눈가를 식히고 있었다.

이 앞에 서면 이상하게도 알 수 없는 영혼의 손길이 이상한 세계의 문을 열며 우리를 어느새 현실이 아닌 다른 곳에 데려다 놓는 것 같았다. 경험한 적 없는 생경한 느낌, 홀가분함과 황홀경 그 사이. 그곳엔 언제나 카릭이 있었고, 그의 가족이, 그리고 로라와 라쟈가, 그리고 내가 함께 있었다.

*

　이 살아 있는 인상적 장면은 시간이 아주 오래 지난 지금도 생생해 눈시울이 다시 붉어지곤 한다. 너무 멀어진 과거이지만 내면의 어떤 마음은 분명 그때의 분위기에 장악되어, 전혀 다른 자아로 살아가는 내 곁에서 아직도 환한 촛불을 밝히고 있다.

　이날은 내 안에 깃든 동화일까, 혹은 잃어버린 전생일까, 혹은 아련한 꿈일까. 아니면 단순한 환상과 몽상일까. 이 예언 같은 여행을 나는 사람들에게 어떻게 설득시킬 수 있을까.

　나는 이 장면에서부터 우리가 헤어지는 장면에 도달할 때까지 도무지 한 줄의 글도 완성할 수가 없었다.
　아직도 내게는 녹색 사막에서의 추억이 많이 남아 있었고, 그 이야기를 다 들추기엔 내게 할애된 지면과 시간에 한계가 있었다. 그리하여 발설하지 못한 이야기는 마음속에 그대로 둔 채 나는 마지막 장을 서둘러 끝낼 수밖에 없었다. 언젠가 내가 지면을 통해 그때를 다시 쓰게 된다면, 나는 꼭 모든 이야기를 생생하게 재현해보고 싶다. 이제 내가 그들이 사는 페이지를 벗어나 이전의 무거운 삶으로 다시금 돌아가야 할 시간이 온 것이다. 운명은 내가 있었던 원래의 현실로 복귀하기를 재촉했다. 그렇게 나는 그들을 떠나고자 마음먹기에 이르렀다.

여느 때와 다름없이 붉은 석양이 내려앉던 어느 날, 갈대밭에 서서 나는 그렇게 결정을 했다. 그리고 긴 침묵 끝에 그를 향해 입을 열었다.

"카릭. 할 말 있어."

카릭은 아무 말 하지 않았다.

"음... 나 떠나야 할 때가 온 것 같아."

카릭은 아무 말 하지 않았다.

*

　모두가 평상시처럼 빙 둘러앉아 저녁 식사를 하던, 그날 밤이었다. 나는 최대한 묵묵한 태도로 식사에 임했다. 그런 나를 카릭은 힐끔힐끔 바라보았다. 왠지 슬프고 오묘한 감정에 휩싸인 채, 갓 따 온 올리브 열매와 태양빛만큼이나 달고 무른 오렌지를 먹고 있었다. 그런데 이상한 일이 벌어진 것이다. 마주 보고 앉은 김자 엄마가 갑자기 먼저 울기 시작했다. 그리고 뒤이어 아미에가, 그리고 아무것도 모르는 눈빛을 하며 오렌지를 까먹던 로라가 울음을 터뜨렸다. 가족들, 그의 친척들이 나를 바라보며 모두가 눈물을 흘리기 시작했다. 나는 판단이 되지 않는 당황스러운 상황에 울컥 눈물이 쏟아졌다. 그리고 동그랗고 붉게 젖은 눈을 하고 카릭의 귀에 대고 무슨 일인지 물었다. 카릭은 내 귀에 대고 속삭였다.

　"이들은 지금 네가 슬프다는 것을 이미 알아챈 것 같다, 마음이 동해서 우는 거야.

　네가 슬퍼하니까 우는 거라고." 나도 모르게 그들에게 울적한 기분을 들키고 만 것이다.

그리고 곧이어 카릭은 침착한 어조로 내가 떠난다는 사실을 그들에게 차분하게 알려주었다.

그렇게 우리는 눈물의 이별식을 혹독하게 치러야 했다.

그날 밤, 카릭의 증조할아버지는 우리에게 오늘 밤 백야가 찾아든다고 했다. 백야라기보다는 몇백 년에 한 번 있는 대보름달이 뜨는 날이라고, 아마 놀랄 만큼 환한 새벽을 만날 수 있을 거라고.

우리는 늘 가던 장소, 로라의 양들이 잠을 자고 있는 언덕으로 걸어 올라갔다.

동산의 윤곽을 따라 처음 보는 밝은 빛의 테가 서서히 비상하고 있었다.

"카릭, 내가 여기 남아 있다고 과연 행복할 수 있을까. 행복할 것 같아. 하지만 나는 네 곁에서 행복을 체험한 것이지 내가 근본적으로 행복한 건 아니야. 나는 나의 마음을 기어코 알아야만 해."

그는 내가 무슨 말을 하고 있는지 이미 알고 있었다는 듯 나의 말을 오래 들어주고 있었다.

"어디로 갈 거니?"

나는 대답했다. "사막."

나는 이어서 말했다.

"이곳에서 너와 함께 해온 모든 시간이 믿기지 않는 완벽한 꿈 같아. 고마웠어."

카릭은 이미 오래전 이 순간을 예견했던 성자처럼 진중하고도 힘겹게 입을 열었다.

"나 역시 이 순간들을 잊지 않을 거야. 아마 평생. 너는 내가 만난 모든 사람 중에서도 가장 특별했어. 모두가 알아주지 않을 수도 있고, 볼 수 없을 수도 있겠지. 앞으로도…. 그러나 나는 너의 마음을 봐, 분명 너는 네 존재로서 충분해."

이번에는 내가 그의 말을 가만히 듣고 있었다. 우리는 긴 비밀의 대화를 나누는 것처럼 손을 꼭 잡고 있었다. 아무 말 하지 않았지만, 모든 것을 말하고 있는 듯했다. 까마득한 적요 속에서 우리의 시선 너머로 커다랗고 밝은 달이 서서히 상승하고 있었다. 분명 내가 본 달 중에서 가장 큰 달이었다. 백야. 저 멀리 푸른 동산의 지평

선이 내려다보이는 환한 밤이었다.

　그렇게 우리는 이 빛의 세계를 함께 통과하고 있었
다. 침묵의 방식으로 서로의 삶을 모두 여과하고 있었다.
우리를 제외하고는 아무도 깨어 있지 않는 깊은 밤. 그는
가슴에 손을 올려놓고 있다가 낮고 떨리는 목소리로 노
래 부르기 시작했다. 그 노래.

사랑하는 자들은 각자의 길을 걸어가겠죠
세상은 우리가 알고 있는 것처럼
잠자던 사람들은 깨어나 약속을 기억하겠죠
잊어버리는 것을 배워요, 지우는 것을 배워요

운명인 나의 모든 사랑, 불행은 우리가 만든 것이 아
니죠
언젠가 우리의 운명이 충분히 강해졌을 때 우리는 만
나게 되겠죠
자신의 길을 따라간다면, 오,
만약 우리가 낯선 사람으로 만나게 된다면
그것을 의지라 말하지 말아요. 운명이라고 말해요

그렇게 나는
이어서 여행을 떠났다

미지에서 미지로, 그리고 이방에서 다시금 이방으로.

카릭이 살던 페즈를 떠나, 로라가 양을 치며 사는 푸른 동산을 지나, 함께한 그 모든 시간이 푸른빛의 한 점으로 작아질 때까지 밤새 광야를 달렸다. 마을의 건물은 하나둘 자취를 감추기 시작했고 길게 이어지는 협곡. 푸른 산맥과 언덕은 서서히 윤기를 잃어갔고, 드디어 모래사막이 펼쳐진 대지를 지나 사하라 사막에 당도했다. 마치 지나간 시간의 세력을 몰아낼 듯, 아침 여명은 붉은 사막의 열기를 식혀주고 있었다. 거기엔 이미 소식을 전해 듣고 미리 대기하고 있던 카릭의 친구가(카릭은 내가 안전하게 머물 수 있도록 그곳에 있는 친구를 연결해주었다.) 나에게 짧은 눈짓의 인사를 건넸다. 나는 그와 짧게 인사를 한 후, 사막 초입의 모래성같이 지어진 호텔에서 긴긴 잠이 들었다.

　　그리고 다음 날, 나는 한여름 밤의 꿈에서 깨어나듯

눈을 떴다.

마른 땅의 냄새가 짙었다. 눈앞에는 위치를 가늠할 수조차 없는, 어디를 걸어도 끝없는 사막이 펼쳐져 있었다. 나는 바닥의 모래 한 줌을 쥐고 손을 펼쳐보았다. 감촉, 따뜻함, 그리고 신기루와 같은 시간과 시간. 그날 나는 혼자 온종일 사막을 배회했다.

그리고 그다음 날, 믿음직스러운 카릭의 친구는 나를 사막 한복판으로 묵묵히 인도해주었다. 망망대해와 같은 황금빛 물결의 사막 중심으로 나는 두 시간 정도 들어갔던 것 같다.

사막과 바다가 하나였을까, 낙타를 타고 이동하는 길에 심하게 멀미를 했다. 나는 분명 내가 머물렀던 곳과 가야 할 곳 사이의 시차를 느끼는 중이라 생각했다. 국경 없이 펼쳐진 사막의 물결이 정지한 파도처럼 비현실적이었다. 아무 말도 하고 싶지 않았다, 나는 이 장면들을 마음에 꼭꼭 눌러 담았다. 그리고 걷고 걸었다.

사위가 어두워서야 우리는 사막 한가운데의 유목 마을에 도착했다. 작열하는 태양 빛에 몸이 녹을 것 같았다. 모닥불 앞에 앉아 민트 차를 끓이고 해가 완전히 떨어지기만을 기다렸다. 모래바람 소리는 귓가를 타진했다. 사구에서 쓰러지는 바람 소리 외에는 어떤 소리도 들리지 않았다. 저 멀리 알제리 국경이 놓여 있었고, 국경과 무관하게 깊어지는 어둠 속에서 사막이 파도처럼 펄럭이고 있었다.

도무지 잠들 수 없는 밤. 나는 민트 차를 마시다 말고 일어나 블랭킷을 챙겨 사막 언덕 높은 곳에 올라갔다. 밤의 미풍은 어떤 날보다도 온화했다. 북두칠성이 내 이마 위에서 거대한 크기로 반짝였다. 그 순간, 나도 모르게 손으로 심장을 쓸어내렸다. 사막은 별에 제일 가까운 나라라고 생각했다.

나는 매일 밤, 눈앞에 펼쳐진 붉은 사막의 가장 높은 언덕에 올라 저 멀리 펼쳐진 세계를 바라보곤 했다. 머리 위 신의 가호 같은 별자리, 별의 운행, 그리고 뱃고동 소리를 내며 잠든 낙타 곁에서 쏟아지는 별 무리를 바라보았다. 그러다 사선으로 큰 별똥별이 떨어질 때, 아니 가슴에 박힐 때, 나는 누군가 내 곁에서 그랬던 것처럼 가슴에 손을 얹어 그 별을 기렸다.

말없이 동행해 곁에 앉아 있던 그는 가까스로 입을 열었다.

"우리 아파하기엔 별빛이 너무 아름답다. 지천에 수직으로 서 있는 인간의 거리와 거리. 잠시 마음을 눕히자. 우리 이렇게 고요히 올려다본 하늘처럼 별과 별의 거리만 생각하자. 그렇게 살아가자."

천지간, 하늘과 땅 사이에서 모든 인간의 거리가 사라진다. 마음의 거리도 사라지고 있었다.

발 닿는 방향으로 무작정 걸었던 때가 있다.

어디로 가야 할지 몰라서

하늘을 올려다볼 때마다 떠오르는 별들이 있다.

어둠을 모포 삼아 덮고 잠들던 사막,

떨어지는 유성우에 속수무책으로 얻어맞았던 밤,

낙타들의 신음 소리,

알제리 국경 너머로 노래를 흘리던

낙타지기 소년이 아직도 그곳에 있다.

사구를 헤엄치던 시절의 멀미가 지금도 있다.

몸을 뒤집어 누우면 바람이 한쪽으로 쏠린다.

손끝에서 흩어지지 않는 모래도 있다.

몸 밖으로 나가는 문이 없어서

노크하는 바람 소리에도 속수무책으로 흔들리는 내
가 있다,

흔들리는 별빛이 있다.

<이, 별의 사각지대> 중에서

사라진다, 살아진다

나는 그렇게 내 전부였던 이들을 남겨둔 채, 다음 장면으로 떠나오고 말았다. 만남과 이별, 그것은 내가 길고 긴 여행 중에 사람들에게 배운 관계에 대한 방침이었다. 길 위에서 만난 모두는 늘 삶을 환기시켜주고 이별을 수용하게 해주었다. 여행 중에는 아무도 그것을 이상하게 생각하지 않았다. 시시때때로 만났고, 추억했으며, 그리고 자연스럽게 떠나갔다. 마치 암묵적 동의처럼, 이 길 위에서는 모두가 그렇게 했다. 그리고 길 위의 사람들은 나에게 무엇을 알려줬다. 만남과 이별, 그것까지 여행이라는 것을.

　　우리는 각자의 길을 걸으며 묵묵히 삶을 살아갈 것이다. 그 믿음이 나를 살게 하고 있다. 보이지 않아도 어디선가 살아가고 있을 누군가가 있다는 것을, 어쩌면 그것까지가 마음이고, 여행이라는 것을.

이따금 카릭의 얼굴이 선명히 그리울 때면, 혼자 물어보곤 한다.

"너는 내가 보고 싶지 않을까. 그립지 않을까?"

이제는 대답할 사람도, 더 이상 물어볼 사람도 없다는 걸 안다.

그러나 지금, 이 순간에도 그의 목소리는 내 가슴 깊이에서부터 울려 퍼진다. 그것은 그의 목소리이기도 하고, 내 메아리기도 하다. 그가 있다면 지금, 이 순간 분명 이렇게 대답했을 것이다.

'네가 어디에서 무엇을 하는지보다, 나는 네가 어떤 빛을 간직한 채 사는지 늘 떠올릴 거야. 그것이 영원히 우리를 연결해줄 거야. 나는 믿어. 믿어도 좋아.'

내 마음은 어쩌면 도시보다도 더 복잡하게 얽혀 있는 미로로 이루어져 있는지도 모른다. 내가 나를 잃어버리는 기분이 들 때가 있다. 내 몸 하나가 지나가기도 좁은 아주 좁은 어느 골목, 나는 거기서 길을 완전히 잃고 한껏 웅크린 채 앉아 있는 나를 자주 마주한다. 나는 오랫동안 사면초가의 상태에서 나를 구원해 줄 하나의 따뜻한 손길을 오래 기다렸는지도 모른다.

그는 내게 여행 이상의 의미를 지녔다. 내가 정말 잃어버린 마음의 방향을 찾아준 존재이니까. 그리고 나는 이제 더 이상 길을 잃지 않는다. 그는 복잡한 신경 다발과 수천 개의 미로로 이루어진 내 마음의 나라에서 길을 잃지 않도록 지도를 건네주고 떠나갔다.

그가 했던 말을 떠올린다.
"우리에겐 지도도 시계도 필요하지 않아.
우리가 걷는 길이 지도고 우리가 사는 시간이 곧 시계니까."

마음, 이라는 암묵적 동의를 한 사람들이 세계의 곳곳에 숨어 살고 있었다. 금기된 단어를 내뱉는 자는 없다. 우리는 태어나는 순간 마음을 망각한 채 살아간다. 다만 당신이 그것을 아직 꼭 지니고 있다면,

우리는 개별적 시간의 긴 미로 속에서 한순간은 그것의 눈빛을 취하는 사람을 발견하게 될 것이다. 세상의 끝에서, 추락만이 구원인 이 세계의 벼랑 끝에서 당신을 살리는 사람들이 다가올 것이다. 모르는 우리는 서로를 살리고 사라질 것이다.

나는 보이지 않는 것을 보아왔고 보이지 않는 것을 믿어왔고, 보이지 않는 그 무언가를 찾아 나서는 생을 산다. 다음 장면 속에서 내가 누군가의 세상을 꼭 살렸으면 좋겠다고 생각을 한다. 그것을 위해서라면 나는 이제 더 살아도 좋겠다고 생각한다.

<잠들지 않는 세계> 중에서

누군가 물었다

"어떻게 글을 계속 쓸 수 있나요?"

"그건 믿음의 세계예요. 믿지 않고서는 도무지 살 수 없는 세계."

"그 믿음은 어디서 나왔나요?"

"내가 보고 듣고 만지고 겪어왔던 삶, 그리고 사랑에서요."

무엇이 당신을 살게 하나요, 라고 묻는다면 설명할 수 없지만 살 수밖에 없는 마음이 있어요. 간절하고 절박한 심연의 목소리. 내가 이번 생에서 살아야 할 것은 단지 그것뿐이라는 확신이 들어요. 그것이 사는 장면을 분명 목도했기 때문이죠. 그것은 이 안에 여전히 자생하고 있어요. 그게 자꾸 저를 믿게 해요. 상상은 현실일 수 있어요. 그것을 자꾸 말하고 싶어져요.

허구라고 놀려도 상관없지요, 내가 사는 세계는 당신과는 전혀 다른 차원으로 이루어져 있고, 나는 내가 동경하는 세상을 그대로 재현하며 살고 있으니까요. 그것만이 부정할 수 없는 진실이니까요.

내 삶에는 나를 통째로 뒤바꾼 여러 사람이 등장한다. 그들이 글 속 곳곳에 등장하는 이유는 내 삶에 끼친 영향이 지대하기 때문이다. 예전에는 그들을 숨겼지만, 최근에는 조금 드러냈고, 지금에서야 한 사람 한 사람 조금 더 구체적으로 떠올리고 있다. 조금 더 내밀히 써도 좋겠다.

마치 그가 내 옆에 앉아서 나의 목소리를 듣고 있는 기분으로. 거기 있다는 믿음으로. 또 그의 목소리가 내 안에 들어와 다시금 나의 마음을 통해 노곤하게 독백하는 기분으로.

*

누군가는 살면서 자신과 꼭 닮은 사람을 만난다. 전혀 다른 나라, 다른 문화권과 생활 속에서 자라왔음에도 서로를 운명처럼 알아볼 때도 있다. 마치 세상 어딘가에서 나를 기다리고 있었던 것처럼, 마치 보이지 않는 마음의 장력이 계속해서 그쪽으로 나를 잡아끄는 것처럼, 그리하여 길을 잃은 골목 어귀에서 스치다 서로를 한눈에 알아본 것처럼.

나는 안다. 우리는 영원의 밤 아무도 모르게 우리의 일부를 나누고 헤어진다는 것도, 마음을 덧대 보았던 조각들이 다시금 남은 시간을 살아가도록 한다는 것도, 전생이 있지 않고서는 설명할 수 없는 만남도 있다는 것도, 그렇게 만나 몇 마디 대화만으로 일생을 통째로 나누게 된다는 것도.

나는 믿는다. 그 세계를, 그 마음을. 그리고 그 시간을 살지 못할수록 나는 그 시간을 더 간절히 써 내려간다.

그러니까 다시 한 번 당신이 내게 무엇을 믿나요, 묻는다면 상상할 수 없는 모든 것을 믿는다고 말하겠다. 그것은 그들이 내게 알려준 사실이니까. 그것만이 나에게는 현실의 삶이니까.

한국이라는 여행

그때 모로코에서 독일로 돌아가지 않았다면, 나의 삶은 어땠을까. 독일에서 한국으로 돌아오지 않았다면, 미래의 줄기가 어떤 삶을 내 눈앞에 펼쳐 보였을까

지금은 한국을 여행 중이다. 더 이상 떠나지 않은 지 오래되었다. 현실 속에서 세월은 너무나도 빠르게 흐른다.

나는 더 늙었고, 그때 같은 열정도 없으며, 막무가내의 포부도 없다. 겁 없고, 용감하고, 대범하고, 자유로웠던 나는 어디로 간 걸까. 왜 어른이 되면 점차 두렵고 겁나는 것들이 많아질까. 사회에 잘 적응해나갈수록 나도 모르게 내가 사라지는 기분이 든다.

그럴 때면 나는 내게 말해주곤 했다. '너 자신을 믿어.'

그러니까 도대체 자신의 무엇을 믿어야 하는 건가.

나의 그 무엇을 되찾아야 할까.

그날 이후, 오랫동안 나는 이곳에서 더 이상 심장이 떨리는 일도, 그런 사람도 만나지 못했다. 만나는 사람들은 늘 있었지만, 자신의 영화를, 가슴의 울림을 품고 사는 사람, 내 마음에 불을 지피는 사람은 없었다. 반복되는 생활의 권태 속에서 활력을 잃어가고 있다. 아무도 길 위에서의 나를 기억하지 못한다. 맑고 영롱하고 호기로운 눈빛으로 마을 사람들의 이야기를 반짝이며 듣고, 웃던 나는 더 이상 내가 아닌 듯하다.

내면의 허기를 달래줄 화려한 도심, 술 취해 비틀거리는 거리의 웃음들. 그리고 다시 눈을 뜨고 일어나 젖은 머리가 마를 새 없이 회사로 달려가는 사람들을 마주할 뿐이다. 온갖 작고 작은 파문이 인간들의 틈 사이로 활보하면 사람들은 그것이 전부인 듯, 허기를 채우며 살아간다. 언제부터인가 어른이 되었다고 생각하면서부터 그런 삶에 길들여져간다.

"나를 믿어. 그리고 너 자신을 믿어. 믿어도 좋아."

그러나 나는 그 뒤로 내게 없던 깨달음 하나를 얻게
되었다. 그것은 마음이 여기 있다는 것. 그리고 그것을
잃지 않고 살아가야 한다는 것. 이곳 도심 속 사람은 여
전히 표정이 없으며, 거리에서는 서로의 눈을 마주치지
않으려 의식적으로 피했다. 모두가 모두를 못 믿는 마음
을 대면할 때면 나는 다시금 현실에 놓여 상처를 받고
시름시름 아파졌지만, 내가 바라는 것은 세상에 아무것
도 없었다. 단지 이 작고 푸른 새싹이 시들지 않도록 품
어주는 것. 전쟁 같은 현실 속에서도 절대 잃지 않고 살
아갈 무엇. 믿음. 그것의 힘이 나를 이토록 살아가게 한
다고. 그리하여 나는, 그것이 떠나가지 않도록 매 순간
계속해서 마음을 상기하려고 노력하고 있는지도 모른
다.

여행은 나에게 떠나는 것이 아닌, 내가 지닌 그것을
잃지 않으려 자꾸만 되돌아가는 것에 가까웠다.

여전히 '나'라는 긴 순례의 길

4년 전, 밤이라는 작은 생명체가 나에게 왔다. 그리하여 나는 더 이상 내 곁의 이 작고 여린 생명을 두고 근거리조차 떠날 수 없는 몸이 되었다. (밤이에게는 내가 세계의 전부이므로.) 그 말은 즉, 이제 떠나지 않는 여행의 2막이 시작된 것과 같다.

나는 떠나지 않아도 될 만큼 이 아이와 살며 지난날의 시간을 다시금 되찾은 기분이 든다. 순수하고 맑은 마음과 눈동자, 계략도 술수도 없는 눈빛. 나는 이상하게 그런 생명체에게서 세계를 느낀다.

밤이는 내 이름과 나이를 모른다. 그러나 우리는 직업을 모르고, 언어를 모르고도 충분히 대화할 수 있다. 충분히 사랑할 수 있으며, 충분히 의지할 수도, 또 함께 행복해질 수도 있다. 그렇게 밤이와 나는 일상 속에서 작은 의미를 함께 발견하며 도란도란 하루씩 여행을 한다. 밤이와 서울에서 근교로 이사 온 지는 이제 3년째다. 나는 이전처럼 바쁘지 않으면서 적당히 일하고 있으며, 또 내가 좋아하는 자연을 거닐 여유도 되찾았다. 요즘은 매일 숲으로 산책을 하고, 그 이야기를 소박하게 기록하며 지낸다.

이제서야 삶의 여행을 이렇게 정의할 수 있지 않을까. (검은 글씨)

더 이상 갈 수도, 떠날 곳도 없는, 이곳이야말로
내가 가야 할 장소라고.

오랫동안 병을 앓았다. 떠나지 않고서는 죽을 것처럼 몸이 아파 식은땀을 흘리며 수일을 병석에 눕기를 반복했다. 미지를 걷지 않고는 죽을 것 같을 때, 심장이 뛰는데 달랠 수가 없을 때, 그것을 제압하는 방법을 알지 못하고, 나는 그렇게 살 수밖에 없는 거구나, 포기의 심정으로 또다시 신발 끈을 묶을 때. 삶은 몽유병이거나 불치병에 가깝다고 생각했다.

정의 내릴 수 없는 병은 삶의 융단 위에서 심장처럼 붉게 뛰고 있었다. 병을 거부할 수 없다면 병은 병으로 치유할 수밖에 없지만, 이 별에서만큼은 쉽게 방랑의 삶이 허락되지 않았다.

지느러미가 없는 나는 늘 이상한 방식으로 헤엄을 쳤고, 아무와도 어울리지 못했고, 가난했다.

여행은 언제나 내게 해방감을 주는 듯했지만, 그 해방감이 오래가지 않았다. 자유의 뒷면에는 현실이 있었고 여행은 삶의 궁극적인 목표를 지시하거나 방향을 갖게 하기보다는, 일종의 현실 도피인 셈이다.

인도의 보드가야에서도, 아루나찰라에서도, 세르비아 집시 마을에서도, 독일, 캄보디아, 라오스에서도, 사

하라 사막, 터키에서도 네팔의 룸비니와 고산 마을에서
도, 페와 호수를 오래 서성이면서도 나는 나를 발견하지
못했다.

그러나 언젠가 암해에 좌초한 배처럼 서서히 침몰하
면서, 나는 한 개의 하늘을 올려다봤다, 별을 보았다. 그
리고 바람을, 그리고 새들의 지저귐을, 그것을 여행이라
정의한 이후로 병이 조금은 나아지는 듯하다. 여기, 발
붙이고 있는 현실 속에 순응하며 살자, 라는 마음만이
수면 위로 점차 떠오르기 시작했다. 나는 이제, 그토록
찾아다녔던 미지를 포기한 채, 내면의 나라를 구축하는
것에 몰두하고 있다. 마음을 펼쳐 길을 내는 곳마다 인
사를 하고 안부를 전하는, 풍경.

이제, 이것을 여행이라고 정의할 수 있을까?

<이, 별의 사각지대> 중에서

더 이상 떠나고 싶지 않고 떠날 곳이 없었다. 여행은 내게 희망과 자유를 주지 않았다.

삶을 피함으로써 위로받을 수 있는 것은 없었다. 본질적으로 우리가 찾을 수 있는 목적은 그곳에 없으므로, 여기 내 안에서 구겨진 세계를 펼쳐보는 중이다.

한 발짝의 미동도 없이 나는 이곳의 거리를 걷는다. 온 마음으로 걷는다. 몸뚱이 안에 적체된 나라를 풀어헤친다. 모든 길을 듣는다. 그리고 낯익은 풍경 속에 멈추어 서서 그것의 못다 한 말들을 경청하는 것이다. 그것으로 나는 세상에 없는 목적지에 다다른다.

<이, 별의 사각지대> 중에서

내가 가야 할 곳

4년 전, 밤이라는 작은 생명체가 나에게 왔다. 그리하여 나는 더 이상 내 곁의 이 작고 여린 생명을 두고 근거리조차 떠날 수 없는 몸이 되었다. (밤이에게는 내가 세계의 전부이므로.) 그 말은 즉, 이제 떠나지 않는 여행의 2막이 시작된 것과 같다.

나는 떠나지 않아도 될 만큼 이 아이와 살며 지난날의 시간을 다시금 되찾은 기분이 든다. 순수하고 맑은 마음과 눈동자, 계략도 술수도 없는 눈빛. 나는 이상하게 그런 생명체에게서 세계를 느낀다.

밤이는 내 이름과 나이를 모른다. 그러나 우리는 직업을 모르고, 언어를 모르고도 충분히 대화할 수 있다. 충분히 사랑할 수 있으며, 충분히 의지할 수도, 또 함께 행복해질 수도 있다. 그렇게 밤이와 나는 일상 속에서

* 밤이: 우리 집 강아지

작은 의미를 함께 발견하며 도란도란 하루씩 여행을 한다. 밤이와 서울에서 근교로 이사 온 지는 이제 3년째다. 나는 이전처럼 바쁘지 않으면서 적당히 일하고 있으며, 또 내가 좋아하는 자연을 거닐 여유도 되찾았다. 요즘은 매일 숲으로 산책을 하고, 그 이야기를 소박하게 기록하며 지낸다.

이제서야 삶의 여행을 이렇게 정의할 수 있지 않을까. (검은 글씨)

더 이상 갈 수도, 떠날 곳도 없는, 이곳이야말로
내가 가야 할 장소라고.

*

그리고 지금, 지난날 오래 방황했던 이유를 찾았다면, 나는 그동안 내면의 집을 짓지 못했던 것이라 생각했다. 내리는 비에 온통 젖고, 잦은 바람과 온도의 변화에도 쉽게 휘청이던 나는 내가 안식할 어떤 마음이 간절했다. 그러나 이제는 알 것 같다.

무언가 내 안에서 외부로부터 나를 안전하게 보호하고 있는 느낌.

나는 조금 더 단단해졌고, 강해졌으며, 그리고 방황하지 않아도 가만히 앉아 저편 세상을 관망할 수도 있게 되었다.

여행을 통해 내가 얻은 것은, 더는 헤매지 않아도 될 내면의 지도를 구축했다는 것과, 이 내면에는 더 이상 추위에 떨지 않아도 되고, 편히 잠들거나, 쉴 수 있는 마음의 집이 생겼다는 것이다.

더 이상 안락한 거처를 찾아 떠돌아다니지 않아도 될, 나는 내가 가야 할 곳이었고, 돌아와야 할 곳이었다.

이 글을 마친 길고 긴 새벽, 한 기억의 길가를 오래 배회하고 나니 아침이 찾아들었다. 의자에서 일어나 기지개를 켜고 커튼을 연다. 여명이 밝아오고 있다. 나는 오래전 그가 내게 남긴 한마디를 떠올리고 있다.

'맞아, 오늘은 태양이 떴어.'

어딘가 먼 미지에서, 누군가 분명, 마음을 다 듣고 있는 듯하다.

그러면 나는 그 누구에게 말을 걸듯 나에게 말하곤
한다.

"하루하루 여행하기로 하자. 우리만의 어떤 빛으로.
믿기로 하자. 감사하기로 하자.

그래. 살아가기로 하자. 여기, 그리고 거기서도."

그렇게 나는 여전히 그들의 신념을 지키며 산다.

한때는 내 전부였던, 사람들.

푸른 초원이 마음을 풀어헤치는 밤.

양치기 소녀 로라도 숙녀가 되고

영특한 라쟈도 나보다 키가 더 컸겠지.

여전히 내 꿈속에서 행복하게 살아가겠지.

오수영

여전히 우회하는 중입니다.

현재 항공사에서 승무원으로 재직 중이고, 저서로는
산문집 <진부한 에세이> <우리는 서로를 모르고>
<날마다 작별하는> <깨지기 쉬운 마음을 위해서>,
메모집 <순간을 잡아두는 방법> 등이 있다.

그리 멀지 않은 사람들

여행을 잃어버린 시간

그리 멀지 않은 사람들

항공기 승무원으로 일한다는 것은 전 세계의 모든 까다로운 승객들을 상대해야 한다는 것과도 같은 말이다. 인종과 민족뿐만 아니라 그들이 품은 역사와 문화, 그리고 기본적인 생김새까지 모두 다른 사람들이 하나의 장소에 모여 길게는 열다섯 시간 이상을 같은 목적지를 향해 날아간다. 그날 예정된 비행시간 동안만큼은 비행기에 탄 사람들이 지구에 존재하는 모든 인류이며, 그런 의미에서 그 시간 동안 비행기는 지구 그 자체가 된다. 모든 게 나와 다른 사람들이 따닥따닥 달라붙어 좌석에 앉아 있다. 게다가 철저하게 고립된 공간인 기내에서 아름다운 일들만 벌어질 것이라고 생각하는 순진한 사람은 없을 것이라고 믿는다. 기내는 한마디로 우리가 상상할 수 있는 온갖 아수라장의 집합체이다. 그들은 모두가 똑같은 승객이지만 동시에 철저한 개인으로서 존재한다. 승무원들이 복도에서 몇 개의 카트를 끌며 승객들에게 식사를 제공하는 하는 와중에도 누군가는 정해진 시간에 맞춰 기내 바닥에 담요를 깔고 엎드려 신에게 기도를 올려야 하고, 누군가는 무릎 관절이 좋지 않아 온종일 서서 스트레칭을 해야 하며, 또 누군가는 몸에 열이 많아 기내 온도를 자신에게 맞춰 한없이 낮춰주기를 원한다. 생김뿐 아니라 그들의 체취 또한 이 세상에 존재하는 온갖 향수의 종류만큼이나 다양하기 때문에 누군가는 옆자리 승객의 체취에 대해 공격적으로 따지기 시작하고, 그러는 동안 또 누군가는 대소변을 가리지 못해 좌석에서 일을 치르고야 만다. 이 일을 시작하기 전까진 깊이 생각해볼 기회가 없었지만, 막상 전 세계의 사람들을 상대하는 일을 하게 되니 문화와 에티켓에도 단계적인 발전의 수준이 있다는 것을 인정하지 않을 수 없게 되었다.

언젠가 이스라엘의 수도인 텔아비브로 가는 비행기에서 벌어진 일이다. 그날은 처음으로 이스라엘 비행을 가는 날이기도 했고, 영화 속에서만 봤던 유대인 단체를 실제로 보게 된 날이었다. 게다가 검은색 수도승 같은 옷차림에 커다랗고 까만 중절모 형태의 모자, 그리고 구레나룻만 길게 길러서 땋아놓은 독특한 모습이 이스라엘 종교인들의 전통 복장이라는 것도 처음 알게 된 날이었다. 그날은 비행기가 이륙하기 전부터 예사롭지 않았다. 유럽으로 향하는 비행기는 중국 상공을 관통할 수밖에 없는데 중국에서 예정에도 없던 전투기 훈련을 시작하는 바람에 항로가 막혀 이륙이 한 시간 이상 지연되고 있었다. 그때 일반석에 앉아 있던 유대인 몇 명이 가뜩이나 일반석은 비좁아 불편한데 이렇게 이륙까지 늦어지고 있으니 비즈니스석으로 업그레이드해달라고 불만을 제기하기 시작했다. 나는 곧장 현재의 상황을 설명하며 양해를 구했고, 좌석 업그레이드는 규정상 불가함을 설명했다. 그런데 그들에게서 생각지도 못한 답변이 돌아왔다. 내가 설명한 중국 항로 이야기는 거짓말처럼 들리고, 자신들은 사업과 관련된 소중한 시간을 잃고 있으니, 항공사 측에서 오늘 상황에 대한 구체적인 증거 자료를 첨부해 이메일로 보내주지 않으면 정식으로 소송을 걸겠다고 했다. 매니저가 와서 재차 설명을 하던 와중에 다행스럽게도 다시 항로가 열려 이륙을 하게 되었고, 그들도 수긍하며 이 상황은 일단락되었다.

하지만 그것은 고난의 예고편에 불과했다. 평소처럼 동료 승무원들과 함께 비좁은 복도에서 카트를 밀고 당기며 승객들에게 식사를 제공하던 때였다. 유난히 숫자가 많던 유대인 꼬마들이 카트가 지나갈 길을 버젓이 막고 복도에 앉아 장난감 놀이를 하고 있는 것이 아닌가. 사실 비행을 하다 보면 꼬마들의 그런 행동은 아주 자연스러울 정도로 흔히 볼 수 있는 광경이었고, 그럴 때마다 보통은 주변에 있던 부모님들이 꼬마들을 다그치며 자리로 돌려보내곤 했기 때문에 이번에도 별다른 생각 없이 주변의 부모님과 눈을 마주치며 의미심장한 미소를 짓고 있었다. 그런데 이번에는 나의 예상과는 달리 꼬마들의 부모님들이 선뜻 그들을 자리로 돌려보내지 않았다. 오히려 자꾸만 자기들과 꼬마들을 번갈아 쳐다보는 나의 시선이 의아한지 서로 멋쩍게 바라만 보고 있을 뿐이었다. 나는 어렵사리 부모님들에게 꼬마들을 자리로 돌려보내달라고 부탁을 했는데 어쩐 일인지 그들은 내게 화를 내며 그래야만 하는 이유를 되물을 뿐이었다. 나는 재차 우리가 다른 승객들에게 식사를 제공해야 하니 카트가 지나갈 수 있도록 아이들을 앉혀달라고 분명하게 부탁을 했지만 여전히 나의 말은 허공에서 분해

된 뿐이었다.

　나로서는 처음 겪는 종류의 당혹감이었다. 도저히
물러서지 않는 아이들을 어르고 달래서 가까스로 식사
서비스를 마쳤지만, 아이들은 이제 우리의 작업 공간에
들어와 아예 담요를 깔고 그 위에서 카드 게임을 하기
시작했다. 그곳은 기내 면세품 판매를 위한 물건들과,
다음의 식사 서비스를 위한 모든 음식들이 보관되어 있
는 공간인데 아이들에 가로막혀 아무것도 준비할 수 없
었다. 그 아이들을 바라보던 동료들의 초점 잃은 눈빛을
나는 아직도 기억하고 있다. 부모님들은 절대로 아이들
에게 어떠한 지시도 하지 않았으며, 아이들은 다시 자리
로 돌아가달라는 우리의 말을 모두 차단하고 있는 것 같
았다. 결국 우리의 작업 공간은 유대인 아이들에게 점령
당했고, 우리는 아이들을 피해 조심스럽게 작업할 수밖
에 없었다. 이렇게 이기적인 민족이 있을 수 있다는 것
에 화가 치밀면서도, 그렇다고 부모님들에게 아이들을
당장 좌석으로 데려가라고 고압적으로 말할 수 없는 답
답함이 온 기내를 가득 메우던 잊지 못할 비행이었다.
　그렇게 비행기가 텔아비브에 착륙한 뒤 체류하게 될

숙소로 향하는 버스 안에서 매니저가 지쳐 있는 우리를 바라보다 가만히 이야기를 꺼냈다. 유대교의 핵심 교리가 세상이 멸망하면 메시아가 나타나 유대인들만 새로운 세상으로 인도해준다는 것이라고. 그래서 그들은 자신들을 선택받은 민족으로 여기며 자라왔을 뿐만 아니라, 그 혈통을 이을 수 있는 자손들을 출산하면 정부에서 많은 지원금이 제공되고, 그만큼 떳떳하게 키워지기 때문에 감히 누구라도 자기의 자식에게 훈계를 하는 것을 두고 보지 못한다는 것이었다. 그래서 비행기에서 좌석이 남게 되면 그 좌석은 당연히 자신의 아이를 위한 좌석이라고 생각해서 다른 승객들이 그 좌석을 점유하려고 하면 불만을 갖고 종종 다툼이 일어난다고 했다. 그리고 예로부터 고리대금업으로 발전을 했고, 지금도 국제 금융 분야를 좌지우지하고 있는 것이 대부분 유대인들이기 때문에 그만큼 계산에 밝고 능통하여 혹시라도 아까처럼 기내에서 그들의 불만을 사면 대화로는 도저히 이길 수 없고 소송까지 가는 경우도 다반사니 각별히 조심해야 한다고. 그러니 너무 마음에 담아두지 말고 이제 비행기에서 내렸으니 전부 잊어버리라고 했다. 충분히 이해할 수 있을 만한 역사적인 배경과 또한 그것에서 비롯된 민족적인 특성이었지만 모두의 보편적인 편의를 추구해야 하는 승무원의 입장에서는 영영 풀 수 없는 숙제처럼 느껴졌다. 정신을 차려보니 어느새 버스는 숙소에 도착해 있었고, 그제야 깊숙이 잠겨 있던 생각에서 빠져나올 수 있었다.

비행기에서 갖고 내린 스트레스는 최대한 빨리 잊어버리는 것이 중요하다. 어차피 그 승객들을 다시 볼 일은 결코 없다고 봐도 무방하기 때문이다. 우리가 묵는 숙소는 지중해 바로 앞에 위치하고 있어서 뛰어난 경관을 보고 있는 것만으로도 이미 업무 스트레스가 사그라지는 것 같았다. 곧장 동료들과 해변을 걷다 무인 자전거 대여소를 발견해 우리는 바람을 쐴 겸 들뜬 마음으로 자전거를 대여하기로 했다. 한 시간 단위로 대여료가 매겨져 있고 우리가 그것을 선택해서 신용카드로 결제를 하는 시스템이었다. 단, 반납할 때 대여소에 설치된 자물쇠를 제대로 채워놓아야 반납 처리가 된다고 했다. 이런 것쯤 익숙한 시스템이라 우리는 재빨리 대여를 마친 뒤 각자의 자전거를 타고 지중해의 시원한 바닷바람을 맞으며 해변의 근사한 풍경 속으로 달려갔다. 수영복

차림의 사람들은 대부분 구릿빛의 근육질 몸매를 지니고 있었고, 각종 수상 스포츠가 일상인 듯 어린아이들도 노련한 솜씨로 서핑을 하고 있었다. 우리는 잠시 자전거를 세워두고 해변의 식당에서 넋을 놓고 그 광경들을 바라봤다. 이국의 낯선 풍경에 잠시나마 젖어들 수 있다는 건 이 직업의 분명한 장점 중의 하나였다. 아까만 해도 한국의 집에서 쪼그려 앉아 유니폼을 다리고 있었는데 지금은 드넓은 지중해 해변에 위치한 식당에서 해산물 요리를 먹고 있다니 믿기지 않는 순간이동처럼 느껴졌다. 생각 같아서는 가만히 앉아 구경만 할 게 아니라 바다에 뛰어들어 그들과 함께 서핑을 즐기고 싶었지만 매 순간 시차에 시달리며 노곤함을 느끼는 우리들은 급기야 체력의 한계가 찾아와 아쉽지만 슬슬 다시 숙소로 되돌아가기로 했다.

우리는 길을 되돌아가 대여소에 자전거를 차례로 한 대씩 반납을 하기 시작했다. 동료가 먼저 설치된 자물쇠를 자전거에 채우니 자동으로 화면에 반납이 완료되었다는 메시지가 떴다. 그걸 보고 나도 따라서 곧장 자전거에 자물쇠를 채웠는데 이상하게도 내 화면에만 아무런 메시지가 뜨지 않았다. 당황한 기색을 숨기지 못하고 이리저리 살펴보니 자물쇠가 고장이 났는지 유난히 너무 헐거워져 있었다. 이대로 두고 가면 시간이 갈수록 계속 요금이 청구될 것이라 어떻게든 이 문제를 해결해야만 했다. 도움을 청할 곳도 없고, 관리자의 연락처가 하나 있었지만 영업시간이 끝나서 아무리 전화를 걸어도 받지 않았다. 지중해의 경관은 너무도 아름다웠지만 역시나 이스라엘은 나와는 맞지 않는 나라인 것이 분명했다. 그렇지 않고서야 어떻게 처음 떠난 여정에 이렇게 많은 황당한 일들을 한꺼번에 겪을 수 있단 말인가. 그런데 갑자기 우리 쪽으로 땀을 뻘뻘 흘리며 조깅을 하던 유대인 가족이 다가왔다. 우리가 자전거 대여기 앞에서 누가 봐도 당황한 모습을 하고 있었는지 그들이 선뜻 무슨 일이냐고 물어왔다. 나는 비행기에서의 경험 때문인지 이 이기적인 유대인들이 우리를 도와줄 것이라고는 생각도 못 했던 게 사실이다. 하지만 지금으로서는 방법이 없으니 별수 없이 그들에게 우리의 사정을 설명했고, 어머니로 보이는 분이 어린 딸에게 히브리어로 어떤 말을 전했다. 그 딸아이는 곧장 핸드폰으로 뭔가를 검색하더니 어딘가로 계속 전화를 하기 시작했다. 이미 영업시간이 끝났다는 나의 말에도 그들은 아랑곳하지 않고 무려 이십 분 이상을 아무런 응답도 없는 곳으로 전화하기를 멈추지 않았다. 심지어 그동안 다른 식구들은 지나가던 유대인들에게 이 문제를 해결할 방법이 없는지 물어보며 토론 같은 대화를 하고 있었다.

그런데 거짓말처럼 누군가 전화를 받고야 말았다. 딸아이가 드디어 누군가와 말을 하기 시작하자 지켜보던 우리보다 그 유대인 가족의 얼굴에 더욱 화색이 도는 것이었다. 그러더니 이내 딸아이가 자전거 제품번호를 찾아 불러주고 마침내 반납을 완료시켜줬다. 우리는 너무도 미안하고 고마운 마음에 주변의 가게에서 감사의 의미로 음료라도 대접하겠다고 했지만 그들은 아무 일도 없었던 것처럼 웃으며 다시 조깅을 하러 홀연히 떠났다. 나는 이 유대인 가족들의 호의에 내 안에 이미 굳게 닫혀 있던 철문 하나가 통째로 나가떨어지는 것 같은 충격을 받았다. 이미 비행기 안에서 처음 대해본 유대인들에 대한 인상이 어느덧 내 안에 거대한 철문을 세워됐던 것일까. 단 한 번밖에 그들을 겪어보지 못했으면서 그것이 유대인의 보편적인 민족성이라고 편협하게 생각했고, 이들 개인의 인성이나 의식까지도 멋대로 송두리째 단정을 지었던 내가 끝도 없이 한심하게 여겨지는 순간이었다. 그러면서 오늘의 일화뿐만 아니라 내가 지금까지 승무원으로 일하면서 한 명의 승객으로부터 받은 인상 때문에, 나도 모르게 그 승객의 국가와 민족 전체까지 색안경을 끼고 바라보는 그릇된 시선을 익혀온 것은 아닌지 반추해보게 되었다. 한심했던 나의 태도 때문에 누군가는 나와의 비행을 지금까지 상처로 기억하고 있진 않을까. 때늦은 반성은 결코 그들에게 닿을 수 없을 것이지만 나는 그들에 대한 기억을 복원해야만 한다. 다시는 얕은 인식으로 누군가를 판단하고 상처 주지 않기 위해서라도 나는 되살려낸 그 기억을 소중하게 돌봐주고 싶다. 장점과 단점이 극명하게 갈리는 나의 직업이지만 가끔은 이렇게 쉽사리 겪을 수 없는 경험들과 부딪치며 뼈저린 성장의 길로 들어서게 되는 건 커다란 행운이 아닐 수 없다. 편견은 사람을 자꾸만 작아지게 만들고, 그러다가 이내 그 사람을 완전히 지워버릴 수도 있는 무서운 습관이 아닐까. 숙소에 돌아와 지친 몸을 침대에 뉘어도 생각이 끊이질 않아 좀처럼 잠에 빠져들지 않았다.

한국으로 돌아오는 비행기에도 많은 유대인 아이들이 탑승했고, 식사가 끝나자 이번에도 아이들은 우리의 작업 공간에서 담요를 깔고 장난감을 갖고 놀기 시작했다. 한창 바쁜 시간이기에 나는 별수 없이 다시 부모님들에게 아이들을 자리로 데려가달라는 부탁을 하러 가던 참이었다. 그러다 이내 발걸음을 멈췄다. 그 자리에 서서 즐겁게 놀고 있는 아이들과, 좌석에 앉아 있는 부모님들을 번갈아 바라봤다. 이번에는 이 숙제를 어떻게 풀어가야 할지 고민에 빠진 찰나 왠지 모르게 그들에게서 어제 나를 도와준 유대인 가족의 모습이 스쳤다. 이윽고 나는 다시 걸음을 되돌려 아이들에게로 향했다. 지금은 승무원들이 이 공간에서 해야 할 작업들이 많다는 것을 누구보다 잘 알고 있었지만, 그것은 잠시 뒤로 미뤄두기로 하고 나는 아이들에게 간식을 쥐여주고 살며시 작업 공간의 커튼을 닫아줬다. 아마도 승무원으로서의 내가 아닌, 나라는 한 사람으로서의 마음이었을 것이다. 이스라엘로 갈 때보다 한국으로 돌아가는 지금 기내의 온도가 어쩐지 조금은 더 따뜻하게 느껴졌다. 우리는 모두 서로 그리 멀지 않은 사람들이었다는 생각이 오래도록 떠나질 않았다. 어쩌면 나는 이제야 비로소 승무원이라는 직업을 제대로 시작하게 된 것인지도 모른다.

여행을 잃어버린 시간

삼 주째 일이 없어 집에서 빈둥거리고 있습니다. 날마다 집에서 대기하며 내일의 비행 스케줄을 확인하고는 있지만, 저녁 식사 시간이 될 때까지 역시나 스케줄은 배정되지 않았습니다. 그렇게 되면 내일의 비행을 위해 당장 이른 새벽에 일어나지 않아도 된다는 안심과 함께 줄어들 월급에 대한 걱정이 동시에 찾아옵니다. 전 세계 곳곳으로 향하는 비행 스케줄로 가득했던 달력이 지금은 아무런 일정도 없는 새하얀 백지가 되었습니다. 백지의 날들이 이어지자 그렇게 싫어하면서도 그만둘 수 없었던 비행이 자꾸만 그리워지는 역설이 찾아옵니다. 내일의 저는 과연 어디에 있게 될까요. 여전히 한국의 집에 있을 수도 있겠 지만 한순간에 어느 먼 나라의 숙소 침대 위에 누워있게 될지도 모릅니다.

저는 5년 째 비행기에서 승무원으로 일하고 있습니

다. 이 일을 시작하기 전부터 단 한 번도 전염병으로 전 세계의 비행기 운항이 멈출 수도 있다고 생각해본 적은 없었습니다. 그런 이야기는 오래전에 이미 끝이 났거나, 언제까지나 소설이나 영화에서만 펼쳐질 수 있다고 믿었으니까요. 그런데 막상 코로나 바이러스가 발생하자 한순간에 전 세계의 정상적인 흐름이 마비되었고, 그 많던 비행 노선이 중단되었으며, 그 바람에 주기장에 빈자리가 없을 정도로 수많은 비행기들이 갈 곳을 잃게 되었습니다. 더불어 저의 유니폼과 비행용 캐리어에도 먼지만 하얗게 쌓여가게 되었지요. 결국 전염병의 위협이라는 것이 이제 더는 상상 속의 이야기가 아니라 언제든 누구에게나 불쑥 찾아올 수 있다는 것을 깨닫게 되었습니다.

지금까지 달력이 비행 스케줄로 빼곡하지 않았던 적은 없었습니다. 그래서 해외로 몇 번 비행을 다녀오면 시간이 어찌나 빠르게 흐르던지 누군가 일부러 달력의 몇 페이지를 찢어 간 것처럼 시간이 증발하는 느낌이었지요. 게다가 스케줄의 불규칙성 때문에 가족과 연인, 그리고 지인들에게 인간 된 도리를 제대로 지킬 수 없는 날들도 많았습니다. 이를테면 가장 소중한 친구의 결혼식이라든지, 연인과의 기념일이라든지. 그리고 부모님이 병으로 수술받으시던 날 한국에 있기는커녕 연락 자체가 불가능한 상태가 되기도 했지요. 물론 직업의 특성 탓이니 그들은 저를 너그러이 이해해준다고는 했지만 시간이 흐를수록 저는 느낄 수 있었습니다. 그들 사이에서 제가 서서히 '나타나지 않는 사람'이 되어간다는 것을요. 처음에는 저의 부재가 그들에게나 저 자신에게조차 아쉬움이 되곤 했지만, 지금은 저의 부재가 너무도 당연한 일상이 되어 서로에게 그저 대수롭지 않은 일이 되었다는 것이 참 쓸쓸하게 다가옵니다.

이 일을 시작한 순간부터 지금까지 줄곧 듣는 말이 있습니다. 날마다 전 세계로 여행을 떠나니 얼마나 좋은 삶이냐고. 하지만 안타깝게도 저는 단 한 번도 여행을 떠나는 기분으로 비행기에 탔던 적이 없습니다. 제게 있어서 비행이란 기본적인 삶을 유지해주는 생업 이상의 의미를 갖지 않았으니까요. 그런 의미에서 계속해서 저 자신을 항공기 노동자로 부르곤 했던 게 사실이지요. 그렇다고 제가 맡은 업무를 소홀히 한다거나 동료들 사이에서 불화를 일으킨다거나 하는 일은 절대로 없었지만 단지 저는 말 그대로 노동의 의미로서만 직업에 충실했던 것입니다. 한 달에 한국에 머무는 시간과 해외에 체류하는 시간이 엇비슷함에도 여행의 기분을 느끼지 못한다는 것은 어찌 보면 참 불행한 운명이기도 합니다.

하지만 의도치 않게 머물지 못하는 삶에서 떠나지 못하는 삶으로 상황이 뒤바뀌게 되니 그동안 들여다보지 못했던 것들에 눈길이 가게 되었습니다. 잡힐 듯 잡히지 않는 전염병의 전파 속에서 사람들은 벚꽃이 만개한 봄날을 만끽하지 못한 채 기약 없이 집에 갇혀 있게 되었습니다. 봄이라는 계절은 추운 겨울을 견뎌낸 사람들이 마음껏 바깥으로 떠나는 시간입니다. 물론 전염병의 시기가 아닐지라도 언제나 갇혀 있을 수밖에 없는 비극적인 현실도 도처에 널려 있지만 올해의 봄은 모두가 갇혀 있을 수밖에 없는 계절이 되었습니다. 그런데 사람의 본능이라는 게 억누를수록 폭발하기 마련인지 연일 외출을 자제해달라는 언론의 보도와는 관계없이 벚꽃이 만개한 거리는 사람들로 북적이고 있습니다. 봄의 기운이 사람들을 점점 더 벚꽃의 거리로 유혹하고 있고, 머지않아 상황이 조금만 나아져도 그 기운은 사람들을 다시 비행기로 데려올 것입니다. 억압만큼 자유를 갈망하게 하는 상황도 없으니까요. 물론 지금은 전례도 없는 아주 심각한 상황입니다. 다만 자신과 주변 사람에게 병이 전염되지 않는 이상 자신은 영원히 전염되지 않을 것이라고 믿는 것뿐이지요. 실제로 해외 각국의 교민들과 유학생들은 가장 안전한 고국으로 돌아올 비행기가 전부 끊기거나 현저하게 줄어들어 어쩌면 영영 돌아올 수 없을지도 모른다는 불안에 떨고 있습니다.

전염병의 전파가 절정을 이루고 있던 삼 주 전에 저는 갑작스럽게 뉴욕 비행을 떠나게 되었습니다. 지금처럼 넋 놓고 내일의 스케줄을 기다리고 있다가 예고도 없이 떠나게 된 것이지요. 오랜만의 비행인지라 마치 소풍을 떠나기 직전의 어린아이처럼 마음이 들떴던 기억이 납니다. 역시나 사람이든 일이든 적당한 거리와 적당한 시간이 주어져야 어떤 의미일지라도 조금이나마 그 소중함을 깨닫게 되는 것일까요. 하지만 다음 날 비행기에 올라탔을 때 그 설렘은 조금씩 사라지기 시작했습니다. 오랜만의 비행이라 몸에는 힘이 넘쳐났지만 막상 평소처럼 몸을 반복해서 움직일 일이 별로 없었기 때문이지요. 뉴욕으로 떠나는 커다란 항공기가 텅텅 비어 있던 것입니다. 물론 평소처럼 만석이었던 비행을 마치고 녹초가 되어 숙소에 들어서자마자 기절하는 것보다는, 힘들이지 않고도 여유롭게 일할 수 있어서 훌륭했지만, 아무래도 오랜 시간 몸담고 있는 회사의 비행기가 연일 텅 빈 깡통처럼 변해가고 있는 모습을 흐뭇하게 지켜볼 수는 없었습니다. 짧은 기간이 아니었을뿐더러 그동안 내 삶의 대부분을 차지했던 터전인지라 아무래도 싫증을 내면서도 정이 많이 들었던 것이지요. 그렇게 300석이 넘는 객실이 30석도 채워지지 않은 채 비행기가 이륙했습니다.

바이러스가 서서히 고개를 들기 시작했던 때부터 승객들은 물론 승무원들도 전부 마스크를 쓰기 시작해 식사 서비스 때를 제외하고는 동료들의 얼굴조차 제대로 볼 수 있는 기회가 없었습니다. 마스크를 쓰고 있으면 자연스레 표정이 사라집니다. 솔직히 말하면 그 덕에 승무원들은 강박적으로 미소 짓지 않아도 되었지만 동시에 승객의 표정도 읽을 수 없게 되어 서비스를 제공하는데 많은 오해가 생기기도 했습니다. 평소에는 입 모양으로 상대방이 웃고 있다는 것을 알아챘다면 이제는 유일하게 볼 수 있는 눈 모양으로만 상대방의 표정을 짐작해야 했기 때문입니다. 그리하여 애초에 날카로운 모양의 눈을 간직한 저 같은 승무원은 조금 더 힘껏 눈웃음을 지어야만 했습니다. 물론 모두가 힘든 상황 속에서 사사로운 것들로 불만을 제기하는 승객은 거의 없었지만, 전염병과 서비스의 품질이 무슨 연관이 있느냐며 핑계 대지 말고 제대로 웃으며 서비스를 하라고 고함을 치는 승객도 있었습니다. 유독 예민하거나 상식 밖인 사람들은 승무원과 승객을 떠나서 사람들이 모여 있는 곳이라면 어느 곳에나 존재하기 마련이니까요.

전염병이 가져온 가장 커다란 변화는 사람들의 불안이 행동이 되었다는 것입니다. 승객들은 탑승을 하자마자 직접 가져온 일회용 알코올 솜으로 좌석과 테이블 곳곳을 닦기 시작했고, 오랜 시간 기내에 머무르면서도 좀처럼 간식은 찾지 않았습니다. 승무원들도 평소보다 몇 번씩은 더 손을 씻고, 일을 할 때는 필수적으로 고글과 장갑을 꼈습니다. 마스크를 낀 채로 서로 대화를 하다

보면 목소리가 닿지 않아 되묻는 일이 빈번해졌고, 혹시나 내 앞의 상대방이 감염자일지도 모른다는 불안과 의심이 가득한 눈빛으로 서로를 응시하게 되었습니다. 사실 전염병 이전에 마스크라는 물건이 한국에서는 환자를 위한 의료용뿐만 아니라 방한용과 패션용으로도 널리 사용되었지만, 서양에서는 오직 환자들만의 전유물이었습니다. 그렇지 않다면 자신의 존재를 숨겨야 하는 테러리스트들만 쓰는 물건이었지요. 그래서 기하급수적으로 확진자가 늘어나고 있는 미국이나 유럽에서는 아직도 마스크를 쓰지 않는 사람들이 많다고 합니다. 전염의 가능성보다 자신이 테러리스트로 몰릴 수 있는 오해의 소지를 더 두려워하는 것이지요.

도착한 뉴욕 공항에는 직원들을 제외하면 말 그대로 아무도 없었습니다. 언제나 여행객들로 북적이던 공항이 아직 공사 중인 건물 안에 들어와 있는 것처럼 한순간에 적막한 공터로 변한 것입니다. 오직 승무원들의 구둣발 소리와 캐리어 바퀴 끌리는 소리만으로 가득한 공항을 빠져나와 호텔로 가는 셔틀버스에 현지 기사와 함께 짐을 싣던 중에 저의 손이 기사의 팔에 닿았습니다.

그랬더니 기사는 정색을 하며 자신에게 닿지 말라고 딱 잘라 말하는 것이었습니다. 서양에서는 중국에서 발생한 바이러스로 인해 아시아 전체에 대한 혐오가 들끓기 시작했다고 말로만 들었는데, 실제로 겪고 나니 상당히 불쾌한 경험이었습니다. 위기 속에서 사람들은 자신의 생존과 안전만이 최우선이 되는 본능적이고 극단적인 이기주의에 빠지는 것 같습니다. 그것 또한 인간이 태초부터 타고났으면서도 그동안은 철저하게 감춰온 성질일지도 모르지요. 셔틀버스의 창문 너머로 보이는 뉴욕은 그야말로 유령의 도시였습니다. 나라에서 외출에 대해 완벽하게 통제를 하는 만큼 거리는 두려울 정도로 황량했습니다.

맨해튼의 중심에 위치한 숙소에서 평소 같았으면 잠자는 시간도 아까워서 부리나케 외출을 했을 겁니다. 전세계에서 가장 화려한 도시 뉴욕은 걷는 길마다 휘황찬란한 볼거리와 다양한 먹거리가 즐비했던 곳이니까요. 하지만 제가 그날 볼 수 있었던 것은 잿빛으로 물든 회색의 껍데기 같은 도시의 민낯뿐이었습니다. 사람이 살기 위해 만들어놓은 것들에서 사람이 빠져나가니 도시는 영혼이 빠져나간 사람처럼 공허하고 공포스러웠습니다. 모든 상점이 문을 닫았고 오직 배달 음식만 가능하다는 말에 쓸쓸하게 방에서 음식을 배달시켜 먹었지요. 사실 저는 승무원 일을 하면서 좀처럼 숙소 밖으로 나가지 않았습니다. 반드시 가보고 싶었던 곳이 없는 이상은 시차에 허덕이며 무리한 일정을 세워 외출을 하고 싶지는 않았던 것이지요. 대신에 숙소에서 휴식을 취하며 책을 읽거나 운동을 하는 것을 좋아했습니다. 그때만 해도 저는 해외에 나와 숙소에서만 쉬는 것이 얼마나 아쉬운 일인지를 잘 알지 못했습니다. 하지만 지금처럼 저의 선택이 아닌 강제로 숙소에만 머물러야 하는 상황이 오니 그동안 제가 얼마나 많은 기회를 흘려보낸 것인지 커다란 후회가 밀려들었습니다. 그 많은 나라들의 다양한 문화와 재밌는 구경거리들을 비롯해 새로운 시각을 배울 수 있었던 기회들을 스스로 차단했던 것이지요.

한국으로 돌아오는 항공기는 교민들로 만석이었습니다. 잠시 동안 귀국을 하는 것이 아닌 창궐하는 전염병에 대한 위험을 피해 잠정적으로 완전히 돌아올 생각으로 떠나는 사람들이었습니다. 그래서 최대한 많은 짐을 꾸려 탑승한 사람들이 대부분이었고, 아이들은 물론 이거니와 강아지와 고양이까지 모두 함께 피난길에 오른 비행이었습니다. 승객들은 한국으로 돌아가는 비행기 티켓을 구하느라 엄청난 고생을 했다는 이야기를 들려줬습니다. 값이 두 배 이상 올랐지만 가족을 지키기 위해 어쩔 수 없는 선택이었다며 한숨을 내뱉기도 했지요. 언제나 시끌벅적했던 만석의 비행기가 아무도 타지 않은 것처럼 적막과 고요만이 감돌았습니다. 하지만 머지않아 아기들도 현재의 심각한 상황을 알아챘는지 서로 시합하듯 울기 시작했고, 급기야 함께 탑승한 고양이 한 마리도 작은 케이지 안에서 이렇게나 오랫동안 갇혀 있던 것은 처음인지 자꾸만 울음소리를 내며 자기 발을 물어뜯어 자해를 하는 바람에 승무원들이 계속해서 붕대를 감아줘야만 했지요. 아기들과 동물들도 이 상황이 어른들만큼 갑작스러웠던 것일까요. 말은 할 수 없겠지만 각자의 방식으로 이 낯선 환경과 분위기에 갇힌 자신들의 답답함을 이렇게든 표현하려는 모습인 것 같아서 지금 상황이 말 그대로 전쟁이 일어난 것처럼 느껴졌습니다.

비행기가 무사히 인천 공항에 착륙을 하니 사람들이 일제히 박수를 치기 시작했습니다. 한국 사람들 특유의 수줍은 박수였지만 그래도 모두의 눈이 초승달 모양이 되며 박수를 쳤습니다. 그 광경에 저는 불현듯 과거의 일이 떠올랐습니다. 몇 년 동안 한국의 공사장에서 일을 하다가 우즈베키스탄으로 돌아가는 사람들로 가득 찬 비행이었지요. 그들은 비행 내내 한국에서 얼마나 많은 돈을 벌었는지 자랑을 하기도 했고, 드디어 가족들을 만난다며 눈시울을 붉히기도 했습니다. 가족을 그리워하는 그 모든 마음이 비행기가 우즈베크 공항에 착륙하는 순간 일제히 환호와 박수를 만들어낸 날이었습니다. 그 때의 우즈베크 비행과 최근의 뉴욕 비행을 마치며 같은 상황에 대한 비슷한 불안과 비슷한 간절함이 모르는 사람들의 마음을 하나로 이어줄 수도 있다는 생각이 들었습니다.

뉴욕에서 돌아온 승객들 모두는 증상이 없다는 사실이 확인될 때까지 이 주 동안 격리가 된다고 했습니다. 해외에서 유입되는 확진자를 막기 위한 조치였는데 그 조치에서 왜 승무원은 제외가 된 것인지는 여전히 알 수가 없습니다만, 커다란 결심으로 되돌아온 고국에서 그들이 안전할 수 있기를 바랐습니다. 지금은 누구도 해외로 떠나려 하지 않지만 누구나 한국으로 돌아오고 싶어합니다. 그것은 제가 다녀온 뉴욕 비행이 말해주듯 승객수를 보면 확연하게 드러납니다. 텅 빈 비행기로 떠났다가 만석으로 되돌아오는 비행기들이 대부분입니다. 그것도 오직 하루에 몇 편수 정도만 허락되고 있는 실정이지요. 말 그대로 여행을 생각할 수 없는, 여행을 잃어버린, 그리고 여행이 사라진 요즘입니다. 여행에 대해 욕심이 없었던 저로서도 왠지 더 이상 떠날 수 없는 상황에 맞닥뜨리게 되니 오래전부터 여행을 즐기던 사람처럼 어디론가 자유롭게 떠나고만 싶어집니다.

요즘처럼 여행에 대해 생각이 많아졌던 적이 없었습니다. 사람에게 여행이란 어떤 의미이길래 날마다 수백대가 넘는 비행기들이 공항에 이착륙하고, 어떻게 해마다 여행에 대한 계획을 세워 그것만을 바라보며 일상을 버틸 수 있는 동력으로 삼을 수 있는지 저로서는 알 수가 없었습니다. 사람들은 심경에 커다란 변화가 있다거나, 반복되는 일상의 지루함에 견디기 힘들어진다거나,

그것도 아니면 단지 즐겁다는 이유만으로도 여행을 떠날 수 있는 것 같습니다. 하지만 저는 여행을 매력적이라고 느껴보지 못했습니다. 구태여 장소를 이동하지 않더라도 익숙한 공간에서도 견문을 넓힐 방법들이 다양했기 때문이라는 변명을 할 수도 있겠지만, 무엇보다 제가 집 밖으로 좀처럼 나가지 않는 타고난 은둔형 인간이기 때문일 것입니다. 아마도 승무원을 직업으로 삼지 않았다면 저는 평생 단 한 번도 비행기에 탈 일을 만들지 않았을지도 모릅니다.

그런데 요즘의 상황 속에서 저는 조금씩 다르게 생각하기 시작했습니다. 제가 단지 생업의 의미로만 승무원 일을 하고 있었기 때문에 이 직업이 가져다주는 장점을 모조리 외면했던 게 아닐까 싶습니다. 어느새 세계의 유명한 미술관이나 관광 명소를 둘러보는 일에 무뎌졌지만 실은 이 직업이 아니었다면 좀처럼 계획하기도 쉽지 않은 근사한 일이었고, 직접 비용을 지불해 여행으로 온 사람들에게는 지금이 아니면 영원히 가볼 수 없는 간절한 장소였을 것이 분명합니다. 게다가 작정하고 멀리 떠나지 않더라도 잠시 이국의 시내를 둘러보며 카페 테라스에 앉아 커피를 마신다거나, 관광객들이 없는 골목을 여유롭게 산책하는 그 모든 순간이 지금 돌이켜보면 전부 호사스러운 여행이었던 것인지도 모릅니다. 다만 제가 그 찬란하게 빛나던 일상에 익숙해진 나머지 지금이 아니면 다음에 둘러보면 된다는 배부른 여유를 부리며 편안한 숙소에서 몸을 사리고 있었던 것이지요.

　운명이라는 게 있다면, 그래서 제 삶에 여행이라는게 없는 운명이었다면, 과연 운명은 날마다 떠도는 방랑자 같은 이 직업으로 저를 이끌어줬을까요. 아마도 여행같은 건 생각하지도 않고 있던 가엾은 청년에게 세상을 직접 체험하고, 새로운 시선을 깨우칠 기회를 가져다준 선물 같은 직업인지도 모릅니다. 다만 어리석은 제가 선물이 선물일 때 알아채지 못했을 뿐 그 선물은 지금까지 제 역할을 톡톡히 해오고 있었던 것이지요. 아무래도 여행하는 삶이 제 숙명이었기에 제가 여전히 이 직업을 유지하고 있는 것 같습니다. 하루에도 몇 번씩이나 무수한 사람을 상대해야 한다며 세상에서 스트레스가 가장 높은 직업이라고 스스로의 직업을 못마땅하게 여겼던 것도 사실은 복에 겨운 한량의 어리광에 불과했던 것입니다. 여행이 사라진 전염병의 시기에 여행의 소중함을 깨닫는 것은 너무도 진부한 일이지만, 사람들이 여행을 떠나며 가장 먼저 만나는 사람이 비행기 승무원인 것을 생각해보면, 승무원으로 살아가는 저의 인식의 변화는 진부함을 조금은 넘어설 수 있지 않을까 싶습니다. 특출나게 친절한 승무원은 아니지만 그럼에도 여행을 갈망하는 사람들로 가득한 비행기에서 이제는 마스크를 벗고 어설프게나마 미소를 지어보고 싶습니다. 모든 순간이 여행이었던 저의 일상을 되찾게 된다면 이제 엄살은 그만두고 세상을 조금 더 둘러봐야 할 것 같습니다. 그런 날을 머지않아 되찾아올 수 있을 것이라 믿습니다. 어느 시인의 말처럼 봄은 의지로 찾아오는 것이니까요.

맺음말을 빙자한 짧은 여행기

1.

혼자 하는 여행을 즐기던 어느 시기, 바르셀로나로
여행을 갔다. 사촌 여동생 덕분에 비행기를 저렴하게 예
약해서 아낀 돈으로 바르셀로네타 해변 근처의 집을 열
흘 정도 빌리는 사치를 부렸다.

뮤지엄 패스포트를 구매해 피카소 뮤지엄을 필두로
6개의 미술관을 돌아보고 몬주익 언덕에 올랐다. 바르
셀로나의 홈구장 캄프 누에서 투어도 즐기고 가우디의
건축물 투어도 하고 카사 밀라 1층에 있는 레스토랑에
서 코스 요리도 혼자서 즐겼다. 기차를 타고 몬세라트에
가서 세계 3대 합창단이라는 에스콜라니아 소년합창단
의 공연도 보고 돌아오는 기차에서 만난 한국인 관광객
들과 킹크랩을 먹는 등 하루하루 알차게, 하지만 충분히
느슨하게 즐기는 시간을 보냈다.

그 와중에 하루도 빼먹지 않았던 해변 산책은 무엇보다 소중한 일과였다. 편한 바지와 티셔츠에 카디건을 걸치고 걷다가 해변의 벤치에 앉아 책을 읽거나 노트에 그때그때 떠오르는 생각들을 정리했다. 그렇게 여행지의 허세에 젖어 있던 어느 날 문득 고개를 들어 본 하늘이 너무도 아름다웠다. "예쁘다, 그지?"라고 말하고 옆을 돌아본 순간 내 옆자리엔 아무도 없었다.

여행을 가지 못할 핑계를 찾기 시작한 시점이 이때였던 것 같다. 혼자 떠난 여행에서 갑자기 찾아온 외로움과 만났을 때.

2.
여행의 시작은 떠나기 전, 어딘가 가기로 마음먹은 순간부터라고 생각한다. 그러니깐 좀 더 구체적으로 이야기하면 '가자, 어디로 갈까? 언제 갈까?'의 여행 계획 초기 단계에서 '가자'의 부분이다. 여행의 서사를 구성하기 위해 호출되는 수많은 요소 중에 결국 가장 중요한 것은 여행을 가고자 하는 마음이 아닐까?

여행의 끝은 어디쯤일까? 캐리어를 끌고 돌아온 집 현관? 짐을 다 정리하고 샤워를 하고 누운 침대 위? 여행 사진을 정리할 때? 여행에서 쓴 카드값이 청구될 때?

지난 여행에 기대 일상을 살아가는 마음이 다하고 다음 여행에 대한 설렘으로 일상을 버티는 순간마저 지나(어쩌면 그것마저 여행의 일부일지 모른다.) 이런저런 너저분한 핑계들을 끌어다 여행을 가지 못하는 이유에 대해 나열하는 그 순간 어딘가. 더 이상 여행을 곱씹지 않게 되는 내 모습이 있는 그 어딘가에 나의 진짜 여행의 끝은 닿아 있었던 것 같다.

3.

이렇게 또 하나의 페이지스가 나왔다. 코로나19라는 상황으로 인해 늘상 우리에게 설렘과 그리움을 주던 '여행'이라는 단어가 미련과 아쉬움을 주는 이야기로 마무리될 거라고는 생각하지 못했다. 미워할 이가 없어서(혹은 누군지 알지 못해서) 조금은 더 힘들지도 모른다. 이 책을 읽은 사람들 각자의 이야기가 마무리될 때쯤 지금 우리가 두어야 할 물리적 거리가 마음의 거리가 되지 않기를 바란다.

77 page

PAGES 6th COLLECTION

언젠가 우리 다시

문보영

안리타

오수영

기획	**이상명**
교정/교열	**다미안** @damian_contigo
디자인	**김현경** @warmgrayandblue

펴낸곳	**77PAGE**
이메일	**77pagepress@gmail.com**
스마트스토어	**77page.com**
인스타그램	**@gaga77page**

초판 1쇄 발행 **2021년 2월 28일**

77page